Linde Richter

Die bestellte Frau

Roman

Impressum

Bibliografische Information der Deutschen Nationalbibliothek:
Die Deutsche Nationalbibliothek verzeichnet diese Publikation in der Deutschen Nationalbibliografie; detaillierte bibliografische Daten sind im Internet über http://dnb.dnb.de abrufbar.

Foto:	*Linde Richter*
Bildbearbeitung	*Gabriela Leonhardt*
	Eleonore Thomin

Herstellung und Verlag: BoD – Books on Demand, Norderstedt

ISBN: 978-3-7494-8715-8

Der Frankfurter Flughafen gehört zu den interessantesten Arbeitsplätze der Welt. Wer dort arbeiten darf, hat das große Los gezogen. Sagt eine, die es wissen muss:

die Autorin

Handlung und Personen in diesem Roman sind frei erfunden. Ähnlichkeiten mit lebenden oder verstorbenen Personen sind rein zufällig. Sagt eine, die es wissen muss:

die Autorin

Widmung

Für alle *Airliner* und solche, die es gerne geworden wären, und für alle anderen auch.

Glossar

Eine kleine Hilfe durch den Sprachdschungel der *Airliner* ist auf Seite 205

Jetzt war es also soweit. Tinnitus. Habe ich schon lange erwartet, und ist auch kein Wunder bei meinem aufreibenden Job. Es dauerte eine Weile, bis mir klar wurde, dass das Klingeln in meinem Ohr von der Wohnungstür kam. Und vom Telefon in meinem Wohnzimmer. Und von meinem *iPhone*. Alles gleichzeitig auf einmal.

Ich war noch im Bett, hatte einen ausgewachsenen Kater und Kopfweh; nicht gut für schrilles Klingeln im Ohr. Was zuerst? Ich entschied mich für die Sprechanlage: „Wer stört?" Bület Oppenheim, mein halbtürkischer Kollege, blaffte mich an: „Warum nimmst du nicht ab? Schwing deinen Hintern aus dem Bett. Hier ist der Teufel los." Ich drückte auf den Türsummer, schnappte mein Handy und meldete mich.

„Linda, sofort zum *Airport*, die 1001 hatte eine Notlandung. Bület ist auf dem Weg zu Ihnen und erklärt Ihnen alles." Er hatte schon aufgelegt, bevor ich noch Luft holen konnte. Das war wieder einmal typisch für meinen Boss. Infos ohne Erklärungen - wie ich das hasse.

Darf ich mich vorstellen? Ich heiße Linda Lovitt und bin Angestellte der *Global World Airways*, kurz *GWA* genannt. Offiziell kümmere ich mich um Problemfälle in Sachen Passagiere, Fracht und Gepäck, inoffiziell darum, dass der Ruf meiner

Fluglinie nicht geschädigt wird. Ich fliege rund um den Globus, um kniffelige Angelegenheiten im Sinne meines Arbeitgebers zu lösen. Die Probleme ereignen sich allerorts: am Boden, in der Luft, am Anfang, zwischendurch oder auch am anderen Ende der Welt. Ich war schon überall, nur noch nicht auf dem Mond. Aber das kommt bestimmt auch noch. Kurz gesagt, wenn's brennt, schickt mich meine Fluggesellschaft in der Weltgeschichte herum, um Kosten zu minimieren und das Image zu polieren.

Manchmal erwischt es mich auch vor Ort, an meinem Standort in Frankfurt am Main. So wie heute.

Das Telefon im Wohnzimmer hörte endlich auf zu klingeln. Dafür stürzte Bület in meine Wohnung und pfiff wie eine alte Dampflok. Zweiter Stock, ohne Aufzug, das erfordert Kondition. Bülets türkische Mama kocht zu gut und viel zu viel. Und Bület liebt seine Mama, da darf nichts auf dem Teller bleiben. Bület steht mit unserem *Grooming-Supervisor* ständig im *Clinch*. Wir *Airliner* werden mehrmals im Jahr begutachtet, untersucht, gewogen und nach Verstößen überprüft. Jedes Gramm mehr auf der Waage bedeutet Abzüge am Kontingent unserer Freiflüge. Aber das sollte im Moment nicht unser Thema sein.

„Die 1001 musste eine Notlandung machen und hat einen *Hangar* gefetzt. Tote, Verletzte, was weiß ich. Du musst sofort hin." Bülent sank auf einen Stuhl, er hatte seine Aufgabe erfüllt.

Schöne Scheiße. Die GW 1001 fliegt rund um die Welt. Die GW 1002 auch, in die Gegenrichtung. *NYC, LHR, FRA, IST, BEY, THR, KHI, DEL, BKK, HKG, TYO, HNL, SFO, NYC*, hin und wieder zurück. Das ist einmalig auf den Flugrouten dieser Welt, und das gab es in früheren Zeiten auch nur ein einziges Mal, vor ungefähr dreißig Jahren. Das ist lange her. Meine Fluggesellschaft hatte diese Idee vor zwei Jahren wieder aufgegriffen und verdient sich an dem Einfall dumm und dusselig.

Ich wohne in einer hessischen Kleinstadt vor den Toren der Stadt Frankfurt am Main. Nur 35 Busminuten vom Internationalen Flughafen entfernt, was für mich unglaublich praktisch ist. Ich steige vor meiner Haustür in den Bus und am Flughafen vor meinem Büro wieder aus. Aber deshalb bin ich nicht *Airliner* geworden, wie man uns Angestellte aller Fluglinien nennt, egal ob in der Luft oder auf dem Boden. Ich wollte meine Sprachkenntnisse einsetzen, mich auf internationalem Parkett bewegen, die Welt kennenlernen. Hat auch geklappt. Ich habe vor fünf Jahren, nach einem Sprachstudium in Frankreich, England und Spanien, eine klassische *Airliner*-Laufbahn am Boden durchlaufen und bin jetzt *Trouble-Shooter* und löse, wie bereits erwähnt, kniffelige Angelegenheiten für meinen Arbeitgeber. Wir *Airliner* sind ein munteres Völkchen, mit einer ganz eigenen Sprache und nicht ganz frei von Konkurrenzdenken zwischen Bodenpersonal und fliegendem Personal, wie auch zwischen kleinen und großen Flughäfen.

Während meiner langatmigen Erläuterungen hatte ich mich angezogen, ins Auto gesetzt und die Fahrzeit zum Frankfurter Flughafen mit dem Pkw um gute fünfzehn Minuten verkürzt.

Es war erst kurz nach 07.00 Uhr und noch stockfinstere Nacht. Absperrungen, Feuerwehr, Krankenwagen, das volle Programm erwartete mich. Mit meinem Dienstausweis kam ich überall durch, bis knapp vor die Maschine.

„Drei Verletzte, davon zwei schwer." Hagen Werner Wolfram führte die Ermittlungen. „Die Maschine ist einfach abgeschmiert. Der Flugkapitän hatte noch was von Sichtattacken und fremden Himmelskörpern durchgesagt, dann war die Funkverbindung gestört."

Sichtattacken, fremde Himmelskörper? Drehen die jetzt alle durch? Ich machte mir ein Bild vom Unglücksort. Der Flieger lag schräg auf dem Rollfeld. Die Spitze eines Flügels war lädiert und ein *Han-*

gar leicht beschädigt. Noch mal Glück gehabt, war mein erster Gedanke.

„Weiß man schon, wer die Verletzten sind?" Normalerweise halten die ermittelnden Beamten alle Information zurück, aber Hagen ist ein guter Freund. Ein später Junggeselle und Kripobeamter im gehobenen Dienst. Wir kennen uns aus meiner Ausbildungszeit, wo Hagen den *GWA*-Frischlingen in Sachen Flugsicherheit Unterricht gab. Als in meiner Heimatstadt plötzlich ein paar undurchsichtige Morde passierten, trafen wir uns wieder und freundeten uns auch außerberuflich an.

„Die beiden Piloten und ein Passagier sind verletzt. Der Rest ist mit blauen Flecken und einem Schrecken davon gekommen. Die Fluglotsen haben gute Arbeit geleistet und die Maschine fast alleine runter geholt."

Ich schaute ihn ungläubig an. „Was ist mit dem *Captain* und dem Kopiloten passiert?" Er zuckte mit den Schultern. „Keine Ahnung, was da passiert ist, aber du kannst dich ja mal umhören, ob sie dir schon mehr sagen können. Ich habe noch keine offiziellen Informationen vom *Tower*, auch noch nichts von der Flugsicherung."

Mein Lieblingskollege Joshi hatte sich bereits um die ärztliche Versorgung der Verletzten gekümmert und wusste mehr zu berichten: „Der Kopilot hat ziemlich schwere Augenverletzungen, und der *Captain* ist irgendwie nicht ansprechbar. Wenn du mich fragst, stehen beide unter schwerem Schock, und der *Captain* faselt nur wirres Zeug. Ein australischer Fluggast hat einen gebrochenen Arm und Prellungen. Er hatte sich beim Toilettengang verspätet und als er aus der Klotür stürzte, ist er ausgerutscht. Glück im Unglück. Alle drei sind mit dem Sani unterwegs ins nächste Krankenhaus."

Ich griff nach Joshis Arm. „Wie war dein erster Eindruck? Was meinst du, ist da passiert? Du hast doch mit allen dreien sprechen können, oder?"

Joshi schüttelte den Kopf. „Nicht wirklich. Der Australier war nur am Jammern und Schimpfen. Der *Captain* machte einen höchst merkwürdigen Eindruck und sein Kopilot hatte ständig die Hände im Gesicht. Er stammelte was von Drohnen und *Lasern.* Wenn du mich fragst: das klingt alles sehr absonderlich."

Ich war so schlau wie vorher und ging in Richtung *OPS,* um die administrative Abwicklung anzugehen.

Dann drehte ich mich nochmal kurz um und winkte dem Kriminalhauptkommissar zu: „Du schickst mir die Unterlegen, ja? Und, Hagen, ich brauche auch das Protokoll des Flugschreibers, sobald es freigegeben ist." Der Kriminalhauptkommissar versprach, sich darum zu kümmern. „Und gib mir bitte Bescheid, wenn du was Neues hast."

Mehr konnte ich momentan nicht tun.

Das kleine, stickige Büro unseres *Operation Services* liegt in einem Flachbau, nahe der Landebahn, wo mehrere hemdsärmelige Männer nervös herumwuselten. Der Druck war spürbar, die Hektik hoch. Tobias Hauser, unser *OPS-Manager*, mittendrin. Ich kannte Tobias von ein paar internen *Airline-Partys* und ja, wir hatten vor ein paar Jahren einen *One-Night-Stand*. Aus purer Langeweile, während eines öden Empfangs. Nichts Aufregendes damals, und danach hatten wir uns aus den Augen verloren.

Er steuerte auf mich zu. „So eine verdammte Scheiße, haben die Idioten ihren Flugschein im Lotto gewonnen?"

Was für eine Arschgeige. Ich hatte vergessen, dass er ein rücksichtsloser Liebhaber und ein rüder Trottel ist. Aber er hatte auch irgendwie Recht. Was hatte die Piloten bewogen, so eine riskante Notlandung auf dem Flughafen hinzulegen? Die Maschine war im ordnungsgemäßen Anflug gewesen und hatte zwei ausgebildete Piloten an Bord. Nur, die waren aus unerklärlichen Gründen beim Landeanflug kaum ansprechbar gewesen und ausgefallen. Und was sollten diese dubiosen Aussagen über Sichtattacken und fremde Himmelskörper?

„Gib mir einfach den Papierkram, und wir treffen uns wieder, wenn wir mehr Hintergrundinformationen haben." Ich hatte einfach keine Lust, mich mit diesem schwitzenden Ekelpaket noch länger zu unterhalten.

Der Pistenbus brachte mich zum *Tower*, wo ich mehr zu erfahren hoffte.

Notlandungen, *Airline-Crashs* und Ähnliches mehr bedeuten nicht nur Trauer, Leid und Unannehmlichkeiten, sie bedeuten auch eine Unmenge an Recherche und Papierkram. Wir hatten Glück gehabt und wenigstens keine Toten zu beklagen. Mehrere Wochen Bürodienst in meinem Standortbüro waren mir aber sicher.

Ich machte mich seufzend an die Arbeit.

Ich wohne in einer alten Jugendstilvilla unterm Dach, Baujahr 1905. Mit Nebeneingang, ohne Aufzug, aber Zentralheizung und einer Dachterrasse, die eigentlich keine ist. Und einem atemberaubenden Blick in Gärten, Parks und Wald.

Die Wohnung ist sehr großzügig, leicht schräg geschnitten und hoffnungslos altmodisch. Über einhundert Quadratmeter Wohnfläche, mit bodentiefen, weit gebogenen Sprossenfenstern, einem abgelaufenen Parkettfußboden und gluckernde Armaturen.

Die Hauseigentümer, ein älteres Ehepaar, sind ganz liebe Leute und fast nie da. Sie ist Malerin - immer noch, er Antiquitätenhändler - nicht mehr. Die meiste Zeit sind die beiden in ihrem Landhaus auf Ibiza und ich alleine im Haus. Das ist auf der einen Seite ganz angenehm, auf der anderen Seite manchmal auch etwas gruselig. Besonders bei Gewitter. Oder, wenn es in dem alten Gemäuer knistert, knackt und ächzt. Es ist schon erstaunlich, welche Geräusche so ein altes Haus von sich gibt.

Natürlich ist das Haus mit Gemälden und Antiquitäten vollgestopft, aber auch mit einer 1A-Sicherheitsanlage ausgestattet. Wenn ich in meine

Wohnung will, muss ich über mein Handy eine geheime Code-Nummer eingeben, dann meine Sicherheitskarte erst in das Eingangstor, dann in die Eingangstür, und danach in meine Wohnungstür einlesen. Die Codierungen wechseln alle sechs Wochen. Aufschreiben darf ich die nicht, Gehirnjogging ist angesagt. Ich habe dafür einen Supertrick gefunden, weil man sich diesen Nummernterror einfach nicht merken kann. Ich merke mir die Zahlenkombination einfach in Form von Bildern: Eins ist mein Daumen, Zwei ein Fahrrad, Drei natürlich ein Dreirad, Vier ein Kleeblatt, Fünf die Olympischen Ringe, Sechs, na ja klar, oder? Und so weiter und so fort.

Jedes Mal, wenn ich das Haus betrete oder verlasse, durchlaufe ich verschiedene Außenkameras, die mit einem Sicherheitsdienst verbunden sind. Und man fragt besser nicht nach, welchen Aufwand ich betreiben muss, um Besuch zu empfangen. Obwohl, mein Umfeld ist nicht gerade üppig mit Freunden besetzt. Meine Freundinnen sind meist gut verheiratet und wohnen weiter weg. Und meine männlichen Freunde haben größtenteils diese Damen geheiratet - da war für mich nicht mehr viel übrig geblieben.

Die umständlichen Sicherheitsvorkehrungen waren mir bekannt, darauf hatte ich mich vor meinem Einzug eingelassen. Trotzdem, wenn ich ein paar

Tage außer Haus bin und bei meiner Rückkehr alleine in der Villa, schaue ich erst einmal in sämtlichen Ecken und Zimmern, in sämtlichen Schränken und Einbauschränken, und auch unter sämtlichen Betten und Sofas nach, ob sich da keiner aus Versehen verlaufen hat.

Ich hing am Telefon und telefonierte meine Freunde durch.

„Hey, du bist zuhause? Schön, mal wieder was von dir zu hören. Wie geht's denn so? Was macht Rolf?"

Ich glotzte verständnislos in den Telefonhörer. „Welcher Rolf?"

„Na hör mal, der nette Typ, den du das letzte Mal mitgebracht hast." Ich fing an zu rechnen. Ich hatte Gundula und ihren langjährigen Freund Wolfgang in Stuttgart besucht, mit Rolf, einem Apotheker, den ich in meiner alten Apotheke als neuen Besitzer gerade erst kennengelernt hatte. Das war schon eine Weile her und Rolf inzwischen Geschichte. Spätes Mittelalter.

Ach, Rolf ...

Ich hatte eine dicke Erkältung gehabt. Mitten im Sommer. Das sind diese blöden Klimaanlagen, die einen Schritt auf Tritt begleiten. Im Auto, an den Flughäfen, im Büro, in den Hotels. In den Vereinigten Staaten von Amerika kann man diese Dinger nicht mal per Hand runterstellen.

Ich hatte einen Kurztrip nach New York gebucht. Mal kurz ausspannen, was anderes sehen, raus aus dem Alltagstrott. Meine Kollegin Marion wollte mir unbedingt ihre neue Wohnung zeigen, die sie sich vor ein paar Monaten für viel Geld zugelegt hatte und ewig drängelte, sie zu besuchen.

„Es war ein Schnäppchen, am Rand von Manhatten, mit Blick auf einen kleinen Park. Das musst du dir unbedingt ansehen. Komm doch einfach rüber."

Marion war in New York stationiert, stammte ursprünglich aus Frankfurt, und wir hatten uns auf der Pressekonferenz kennengelernt, die vor zwei Jahren unsere Rund-um-die-Welt-Flieger weltweit vorstellte. Natürlich in unserem *GWA-Headquarters* in New York. Jede Zwischenstation hatte einen Repräsentanten geschickt, und ich vertrat meinen Heimatflughafen. Wir wurden fotografiert, gefilmt und von der lokalen, wie auch internationalen Presse gründlich ausgefragt. Jede unserer Antworten war vorgegeben und ausgefeilt, nur Marion ritt der Teufel und fiel aus dem Rahmen.

„Warum haben Sie sich bei der *GWA* beworben?", fragte ein aufstrebender, rotwangiger Juniorreporter einer bekannten lokalen Zeitung, der sich nicht an den Fragenkatalog halten wollte.

„Ich will einen stinkreichen, alten Millionär kennenlernen, ihn heiraten und ihn überleben."

Marion war nur ehrlich gewesen, aber die *GWA* fand ihre Antwort nicht lustig. Sie entging haarscharf einer Kündigung, und dies auch nur dank ihrer langjährigen Mitgliedschaft bei einer großen Gewerkschaft.

Das schmale, rote Backsteingebäude lag in einer Seitenstraße, aber der Großstadtlärm drang bis in den sechsten Stock. Fünf Sicherheitsschlösser mussten an ihrer Wohnungstür geöffnet werden, um in ihr Loft zu gelangen. Man fiel sozusagen sofort in einen großen Wohnbereich. Das Apartment war praktisch ein einziger großer Raum mit einer Klimaanlage, die man nicht regeln konnte, und einer breiten, durchgehenden Fensterfront mit Blick auf einen kleinen Park. Echt schön.

Marion hatte ihr Loft nur sparsam möbliert. Ein großes Bett, auf einem Podest mit einem schweren Brokatbaldachin, stand in der einen Ecke. Ein

Kleiderschrank, der auf der Rückseite ein Bücherschrank war, eine ganz pfiffige Idee wie ich fand, trennte den Schlafbereich vom Wohnbereich. Zwei ausladende Sofas, zwei Sessel und ein geschnitzter Tisch aus Indonesien standen mitten im Raum. Fertig.

Fast fertig. Hinter einem bunten Paravent versteckte sich eine Miniküche, die alles hatte, was man braucht, wenn man nicht so oft kochen will. Oder nicht kochen kann. Marion hatte lange in Indonesien gelebt und noch nie einen Kochlöffel in der Hand gehabt. In einem großen Plastikkorb stapelten sich sauber ausgewaschene Pappkörbchen vom Chinesen. Oder vom Thailänder? Ist auch egal.

Nach hinten gab es ein Bad mit einem Fenster, das in die *Backalley* zeigte, einem engen, dunklen Versorgungsweg, wo sich streunende Hunde und Katzen um den Inhalt umgekippter Mülltonnen stritten. Das Fenster konnte man hochschieben und klemmte sperrig. Ihre Freiluftspeisekammer, wie sie mir erklärte.

„Fleisch und Wurstwaren kannst du dort nicht lagern. Wegen der Katzen. Und wegen der Ratten."

Ich hatte mal gelesen, dass New York mehr Ratten hat, als Deutschland Einwohner. Tendenz steigend.

Durch das Fenster konnte man vom Erdgeschoss, über eine eiserne Leiter mit einem Zwischentritt an jedem einzelnen Stockwerk, allesamt mit ähnlichen Schiebefenstern versehen, bis in ihre Behausung klettern. Ratten, Katzen, Menschen. Ich schaute sie entgeistert an.

„Fünf Sicherheitsschlösser an der Wohnungstür, und jeder kann von dem düsteren Versorgungsweg ungehindert über die Feuerwehrleiter in deine Wohnung einsteigen, was ist denn das für ein Schwachsinn?"

Marion konnte meine Ängste nicht verstehen. Das sei eben New York; so sei sie nun mal, diese Stadt.

Als ich zurückkam, hatte ich eine dicke Erkältung, die mich in die Arme von Rolf, dem neuen Apotheker meiner alten Apotheke, trieb.

Ach, Rolf ...

„Es tut mir leid, aber dieses spezielle Antibiotikum müssen wir bestellen. Wir können es Ihnen heute Abend nach 19.30 Uhr ausliefern. Geht das in Ordnung?"

Ich hatte ihm von meinem Besuch in New York erzählt und von dem Apartment mit der festgezurrten Klimaanlage. Er schaute mich mit seinen hellgrauen Augen strahlend an, erzählte begeistert von seinem unvergesslichen Jahr als Auslandsstudent in den Vereinigten Staaten und seinen wunderbaren Erlebnissen in New York. Er hatte eine sanfte, dunkle Stimme, der man gerne zuhörte.

Als es um 20.00 Uhr klingelte, stand Rolf, der Apotheker, vor meiner Tür. Er hatte ein Flasche Rum mitgebracht und meinte, dass Tee mit Rum viel besser sei als jedes Antibiotikum. Er kam nach oben. Dort blieb er dann. Für länger.

Ach, Rolf …

Rolf ist das, was man einen guten Freund nennt. Freundlich, zuverlässig und langweilig. Auch im Bett.

Ach, Rolf ...

„Wir sollten heiraten und Kinder kriegen. Mehrere, ich möchte mindesten zwei bis drei. Natürlich musst du aufhören zu arbeiten. Du bleibst zuhause und erziehst unseren Nachwuchs. Und wenn du willst, kannst du später, wenn die Kinder groß sind, vor den Feiertagen, also zu Ostern und Weihnachten, in der Apotheke aushelfen.

Ach, Rolf ...

„Äh, also, ich bin wieder *Single.*" Es hatte keinen Sinn, meinen weit verstreuten Freundeskreis mit Einzelheiten aus meinem anstrengenden Job, meinen vielen Reisen, meinen - nett gesagt - sonderlichen Lebensgewohnheiten und ständig wechselnden Bekanntschaften, zu langweilen. Letzteres hatte mit meinem Frust auf die Männer im Allgemeinen, und der Wut auf meinen letzten Verflossenen im Besonderen zu tun. Der war bei weitem nicht so nett wie Rolf, der Apotheker, gewesen.

Wann hatten wir das letzte Mal telefoniert? Ich kam ins Grübeln. So lange war das schon her, so lange hatte ich Gundula nichts mehr von meinem unausgeglichenen Liebesleben erzählt? Na ja, meinen Verschleiß konnte sich in der Regel sowieso keiner merken; ich mir selbst manchmal nicht. Ich war einfach zu viel unterwegs, um feste Freundschaften zu pflegen. Ich bekam ein schlechtes Gewissen und wechselte das Thema.

Er krachte mit einhundertdreißig Kilo Lebendgewicht auf den Glastisch in der eleganten Besucherecke der *VIP-Lounge* meiner Fluglinie. Doch das alleine wäre noch kein Grund gewesen, dass der

Tisch einen fetten Riss, quer durch das getönte Oval, bekam. Aber der Amerikaner hatte was Hartes in der Hose, und bei Weitem nicht das, was man im ersten Moment vielleicht denkt. Außerdem war er sternhagelvoll, abgefüllt mit Bourbon-Whisky aus der *Premium-Economy Class*.

Ich rief den Flughafen-Doktor, der dem lärmenden Fluggast eine Spritze verpasste und zur Ausnüchterung abtransportieren ließ.

„Das war in diesem Jahr schon der Dritte, der in Ihre Glasplatte gefallen ist. Was sagt denn Ihre Versicherung dazu?" Dr. Freund grinste mich an und griff nach dem Kaffee, den meine *VIP-Lounge*-Kollegin ihm entgegenstreckte. „Sie sollten auf den Fliegern nicht so viel Alkohol ausgegeben. Das ist ungesund und erhöht das Versicherungsrisiko."

Mit Versicherungen kannte ich mich aus. „Klar doch, ich wird's weiterleiten. Mein Chef hat für Ihre Anregungen immer ein offenes Ohr." Ich winkte ihm zu und verschwand in Richtung Abflughalle, zurück in mein Büro. Der hat gut reden, dachte ich, Mein Boss klärt alle Problematiken erst einmal mit Alkohol, Unmengen von Alkohol, und dann durch mich. Das Bodenpersonal hatte die Anweisung, den verärgerten Passagieren *Drinks* anzubieten, bevor man tiefer in das jeweilige Thema einstieg. Und für den freien Service von Alkoholika in der *First-* und in der *Business-Class,* sogar in der *Premium-Economy Class,* war meine Fluglinie inzwischen berühmt - weltweit berühmt. Mit irgendwas mussten sich die Fluglinien schließlich unterscheiden. Dafür fiel ab und an einer unserer Fluggäste im Flieger vom Sitz oder auch mal in der *VIP-Lounge* in den Glastisch. Es gab Schlimmeres.

Mein Handy klingelte. Benjamin Herger, mein *Boss,* höchstpersönlich.

„Linda, Sie müssen die Solux-Angelegenheit doch noch vor Ort regeln. Seine Versicherung will die Sache über ihre Zentrale in den Staaten abwickeln."

Also doch, meine Befürchtungen waren eingetreten. Ich fragte nach: „Die haben den alten Trick mit seiner amerikanischen Frau benutzt, stimmt's? Wann muss ich fliegen?"

Mein direkter Vorgesetzter hatte ein leichtes Bedauern in der Stimme. „Ihr Flug geht morgen um 10.30 Uhr, das Hotel ist gebucht und um 15.00 Uhr Ortszeit haben Sie einen Termin bei der Gegenpartei, um den Kasus Solux aus der Welt zu schaffen."

Er wusste, dass ich morgen einen Termin beim Friseur und danach eine Einladung zur Hochzeit von Hagen Werner Wolfram hatte. Die freien Tage hatte ich mir schon vor Monaten freigeschaufelt. Aber für Fälle wie Solux habe ich rund um die Uhr Bereitschaftsdienst. Gut bezahlt, immer verfügbar, was übrigens auch meinen Familienstand erklärt: *Single*, keine Kinder.

Um 07.00 Uhr war ich am nächsten Morgen in meinem Büro und blätterte in der Akte. Einen Herrn Solux gibt es nicht, aber einen Mr. Winestein, der seit einem halben Jahr mit meiner Fluggesellschaft prozessiert. Mein Chef hatte mir ein Duplikat der Akte aus der Rechtsabteilung ins Büro bringen lassen. Er tauchte um 07.30 Uhr auf und *briefte* mich höchst persönlich.

„Sie werden Olaf an Ihrer Seite haben. Er ist schon unterwegs und landet eine Maschine früher in *L.A.* Die Flieger waren alle überbucht, und wir haben nur noch den späteren Lufthansa-Flug für Sie bekommen." Olaf war Mitglied der Anwaltskanzlei meiner Fluggesellschaft und ein gewitzter Fuchs. Wir waren als Team unschlagbar. Blöd nur, dass wir den Fall nicht nochmal zusammen im Flieger durchgehen konnten.

Susan, meine Lieblings-*Purserin*, setzte mich sofort in die Erste Klasse, was ein unverhofftes *Upgrade* war. Bei Fremdfliegern steht mir auf Dienstreisen nur ein fest gebuchter Sitzplatz in der *Economy Class* zu. Aber Susan ist ein Schatz und setzt mich, wann immer sie kann, in die Erste Klasse. Ich habe sie vor zwei Jahren in einem Hotel in Denpasar kennengelernt, als ich auf Bali einem international gesuchten Kofferschmuggler auf die Schliche kam. Wir hatten zufällig die Hotelzimmer nebeneinander, verwechselten jede einmal die Zimmertür und weckten uns gegenseitig mit ein paar unfeinen Bemerkungen. Am Morgen danach gab es erst verlegene Entschuldigungen und später ein paar lustige Frühstücksgelage mit der pausierenden *Crew*. Danach kreuzten sich unsere Wege immer öfter.

Der gutaussehende Mittfünfziger grüßte mit einem kurzen Kopfnicken, dann wand er sich wieder seiner Tageszeitung zu. Ich grübelte, irgendwo hatte ich den Fluggast schon einmal gesehen. Nur, ich kam nicht drauf in welchem Zusammenhang.

Auf Dienstreisen trinke ich keinen Tropfen Alkohol. Normalerweise, aber als wir über Grönland flogen, hätte ich dringend einen Drink gebraucht.

Der Flug war keinesfalls das, was man für unruhige Flüge im *Airline*-Jargon liebevoll „*bumpy*" nennt. Der Flug war mehr als *bumpy*, und die schlechten Wetterverhältnisse verlangten dem Kapitän sein ganzes Können ab. Die Maschine zitterte, holperte, schlingerte und sackte mehrmals ab. So brutal, dass uns die Gläser um die Ohren flogen und der Mittfünfziger sich übergab. Es war ihm peinlich.

Ich tat so, als hätte ich nichts gesehen oder gar gerochen. In der Ersten Klasse ignoriert man solche Dinge. Nur, der Geruch zauberte mir einen grünen Schatten ins Gesicht, und das war dem Mittfünfziger noch peinlicher. Als wir in ruhigeren Gefilden flogen, bestellte ich mir in der *Galley* einen Scotch mit viel Eis und noch mehr Wasser. Ich trug zivil und niemand, außer Susan, wusste, dass ich für die *GWA* arbeite.

„Hast du ihn erkannt?" Susan fing mich auf dem Weg zur Toilette ab. „Nö, sollte ich?" Susan verdrehte die Augen. „Linda, das ist Arvid Fergusson, den kennt doch jeder!" Also doch, der Mode-Zar aus Schweden. Seit drei Jahrzehnten der unbestrittene *Shooting-Star* am Modehimmel. Und schwul, oder auch nicht. Über seine sexuellen Vorlieben gab es Vermutungen, Gerüchte, niemals Skandale und schon gar nicht die Wahrheit. Man sah den Mann auf großen *Events*, auch mal auf dem politischen Parkett und natürlich auf allen wichtigen Modenschauen dieser Welt. Mal mit den schönsten Frauen, mal mit gut aussehenden Männern, mal mit androgynen Geschöpfen. Man wusste nicht, wo seine Präferenzen lagen.

Ich musste dringend auf Klo und schnappte mir das *Amenity Kit*. Ich musste mir das Gesicht waschen, mich frisch machen. Direkt im Anschluss an meinem Flug hatte ich eine Konferenz mit der International AsCo, der Versicherungsgesellschaft unseres Gegners. Ich zog in der Toilette die mitgebrachte Uniform aus der Kleiderhülle und streifte sie mir über. Die dunkelroten Pumps hatte ich schon an, die passende Umhängetasche sowieso immer dabei. Den Uniformhut sparte ich mir für später auf.

Im Grunde meiner Seele hasse ich die Fliegerei, hasse die Uniform und vor allen Dingen diesen blöden, roten Uniformhut. Ausgesprochenes Pech bei meinem Beruf.

Wir landeten trotz der Turbulenzen pünktlich in Los Angeles. Keine Zeit, um ins Hotel zu fahren, keine Zeit, um mit Olaf Strategien zu besprechen, keine Zeit für nichts.

Aber ich hatte meine Hausaufgaben gemacht und zerpflückte die Anwälte von der AsCo mit einem Verweis auf den Präzedenzfall XYZ, der den ersten Wohnsitz unserer Kläger in den USA als Verhandlungsort nichtig machte. Es wäre fast unmöglich gewesen, den Gerichtsstand in Kalifornien anzufechten, wenn ich nicht, ja wenn ich nicht diesen klitzekleinen Vermerk auf dem Flug in der Akte gefunden hätte. Mrs. Ela Winestein war nicht nur Miteignerin der Firma ihres Gatten, sie war auch eine gebürtige Elisabeth Trollinger aus dem hessischen Ried und hatte neben der amerikanischen auch noch die deutsche Staatsangehörigkeit, und das rettete uns. Damit waren die Verhandlungen in den Staaten geplatzt. Wir konnten wieder nach deutschem Recht verhandeln, und das machte die Sache einfacher. Olaf nahm mich in die Arme, drückte mich an seine durchtrainierte Brust und küsste mich vor versammelter Mannschaft auf den Mund. Ich hatte nichts dagegen. Olaf ist schwul, bekennend schwul, also keine Gefahr für mich.

Als ich nach der Verhandlung am späten Nachmittag in mein Hotelzimmer eintraf, stand ein aufwändiger Blumenstrauß mit einer Einladung auf meinem Tisch. Arvid Fergusson lud mich mit Begleitung zur amerikanischen Premiere seiner Kollektion ein. Als Entschuldigung sozusagen „für die Unannehmlichkeiten auf dem Flug über Grönland". Olaf war begeistert; er verehrte den Mode-Zaren und wollte ihn unbedingt kennenlernen.

„Ich kann dir nichts versprechen, der hat bestimmt keine Zeit für uns. Ich habe die Einladung auch nur bekommen, weil…, ach, ist auch schon egal, warum. Der Mann hat Wichtigeres zu tun, als sich bei der Premiere seiner Kollektion um seine grünliche Flugnachbarin zu kümmern. Außerdem habe ich nichts anzuziehen!"

Das ließen Olaf und Susan nicht gelten. Susan kannte sich in *L.A.* gut aus. Sie schleppten mich zu einem kleinen, jüdischen Händler in einer abgelegenen Gegend der Millionenstadt, und wir ergatterten einen Traum von einem Kleid. Schlicht geschnitten, beerenroter Samt mit einem ultratiefen Ausschnitt und - Achtung - langen, mit Ornamenten bestickten Puffärmeln. Wo gibt's denn sowas? Etwas zu eng, aber in seiner Schlichtheit atemberaubend schön. Busen hatte ich, um etwas in den Ausschnitt zu stecken, aber Puffärmel mit Anfang Dreißig? Olaf fand es geil, und wenn Olaf an einer Frau etwas geil findet, kann man sich hundertprozentig darauf verlassen. Drunter trug ich – nichts. Es war einfach kein Platz mehr zwischen Haut und Stoff. Und für oben drauf hatte ich außer einer Sportuhr auch nichts Verwertbares zu bieten. Aber

Mr. Schmaul, der jüdische Händler, kruschelte in einer seiner Schubladen und brachte eine Kette zutage, die gefühlte zwei Kilo wog und aus polierten afrikanischen Steinen und schwarzen Harzkugeln bestand. In Blaugrün, Meergrün und Schwarz, eine sensationelle Mischung auf dem beerenroten Kleid. Ich feilschte um den Preis, wie meine Urgroßmutter es nicht besser gemacht hätte.

Der Veranstaltungsort lag unweit von Beverly Hills und der innovative Hotelturm bot einen traumhaften Blick auf die *City* von Los Angeles. Die unteren Räumlichkeiten waren fast ausschließlich für die Modenschau des schwedischen Couturiers reserviert und futuristisch dekoriert.

Die Sitzplatzreservierung war in der ersten Reihe. Hallo, in der ersten Reihe! Ich stach mit meiner beinahe viktorianisch anmutenden Robe völlig aus dem Rahmen. Zusätzlich hatte ich meine kurzen, blondgesträhnten Haare maskulin aus dem Gesicht gegelt, was einen noch größeren Effekt erzielte. Alle Augen drehten sich in unsere Richtung. Ich straffte die Schultern und genoss den Moment. Jedes neue Kleid bringt eine Frau zum Strahlen, macht sie zur Göttin für einen kurzen Augenblick. Doch innerhalb von Sekunden wurde mir knallhart vor Augen geführt, dass diese Blicke keinesfalls mir vergönnt waren. Neben Olaf versank ich in armselige Belanglosigkeit. Olaf versprühte wegen der gespendeten Aufmerksamkeit Funken, was bei seinem Aussehen noch mehr flüsternde Aufregung verursachte und auch kein Wunder war. Olaf ist Anwalt, ein sehr cleverer Junganwalt, und außerdem der schönste Mann, den ich kenne. Groß und durchtrainiert bis in die letzte Faser seines Körpers, mit einem feinen, aristokratisch anmutenden Gesicht. Im krassen Gegensatz dazu eine wilde, blonde Mähne und ein lausbubenhaftes Lächeln. Innerhalb kürzester Zeit fliegen ihm alle Herzen zu, männlich wie weiblich, was bei komplizierten Verhandlungen äußerst hilfreich ist. Wer neben ihm sitzt, hat allerdings nicht die geringste Chance, auch nur einen winzigen Splitter seines *Glamours* abzubekommen. Auch Arvid Fergussons Blick blieb beim Finale länger auf meinem Begleiter hängen. Also doch schwul, dachte ich.

Eine gestylte Dame überbrachte mir eine Karte, auf der wir zu seiner *After-Show-Party* eingeladen wurden. Er hatte einen *Supperclub* gebucht, aber außer einem pudrigen Stil mit fulminanten Kronleuchtern, ist mir von dem Ambiente des renommierten Clubs am La Cienega Boulevard nicht viel hängengeblieben. Was hauptsächlich an den Ereignissen des Abends lag.

„Hast du seine Augen gesehen? So was von blau. Ich könnte glatt darin versinken." Dieser Satz stammte nicht von mir. Olaf hatte sich verknallt. In den schwedischen Mode-Designer und in seine strenge, klassische Mode.

„Olaf, der ist eine Nummer zu groß für dich. Schau ihn dir doch an. Erfolgreich, gut aussehend, charmant und reich. Bleib einfach auf dem Teppich, ja?"

Arvid Fergussons Markenzeichen war eine kühle, sehr zurückhaltende Mode. Klassisch, edel und nur aus hochwertigen Materialien. Ein schlichter Damenanzug von Arvid Fergusson kostete ab vierzehntausend Euro aufwärts, Herrenanzüge leicht das Doppelte.

Olaf war nach einer Weile unauffindbar, und ich versuchte mit den mir unbekannten Gästen ins Gespräch zu kommen. Zwei blutjunge Dinger standen neben mir, fast noch Kinder. Ihrem Auftreten nach waren sie erfahrene Models, die ungeniert über die anwesenden Gäste tratschten.

„Hi, ich bin Linda aus *Germany*." Die *Teenies* musterten mich, als wäre ich eine Direktrice aus dem Hinterzimmer eines drittklassigen Couturiers.

„Hast du Gisele gesehen?" Die langbeinige Brünette sah fast so aus wie das erwähnte Top-Model.

„Nein, tut mir wirklich leid, nicht gesehen."

„Hast du Gigi und Bella gesehen?"

War ich das wandelnde *„Who is Who"* oder die Telefonauskunft? Auf dieser *After-Show-Party* tummelten sich die angesagtesten Models, und ich erkannte das eine oder andere Gesicht von den Titelblättern der einschlägigen Hochglanzillustrierten, und die Schwestern Hadid waren selbst mir ein Begriff, aber gesehen hatte ich die Damen trotzdem nicht.

Der Gastgeber kam auf mich zu. „Schön, dass Sie es einrichten konnten. Hat Ihnen die *Show* gefallen? " Arvid Fergusson küsste mir galant die Hand. „Ganz bezaubernd, Ihr Kleid."

Die *Tennies* guckten blöd.

Eine Dame reiferen Alters, offenbar aus der gehobenen Hollywood *Society*, hatte Fergussons Kompliment gehört und mischte sich in unser Gespräch: „Wer hat das gemacht? Jil Sander? Nein, warten Sie, das ist Maryam Nassir Zadehs Handschrift, stimmt's?"

Sie wollte es unbedingt wissen, also sagte ich es ihr: „Die Robe ist von Samuel Schmaul, und ich habe alles gegeben, um an das Stück zu kommen."

Ich konnte ihre Gedanken lesen. Musste man einen Samuel Schmaul kennen? Wer war dieser Mann, ein neuer Stern am Modehimmel? Sie wollte unbedingt mehr über ihn erfahren, aber ich erklärte ihr, dass man bislang nur sehr wenig über ihn wisse. Ich war mir sicher, dass sie Himmel und Hölle in Bewegung setzten würde, um mehr über Samuel Schmaul herauszufinden. Sie eilte davon.

Arvid Fergusson sah mich fragend an, und ich klärte ihn auf. Der Mann hatte Humor, und wir lachten beide aus vollem Herzen über den falschen *Shooting-Star* am deutschen Modehimmel, meinem Kleiderschnäppchen aus dem *Second Hand*-Laden und meinem Geplänkel mit der neureichen Dame.

Olaf gesellte sich zu uns. Olaf sieht aus wie Brad Kroenig in jungen Jahren, und der galt jahrelang als eines der weltweit bestbezahlten männlichen Models. Nur, dass Brad inzwischen fast Vierzig und Olaf erst knapp Ende Zwanzig ist. Es dauerte eine Weile bis ich begriff, dass Arvid Fergusson in Olaf seine neue Muse für die nächste Kollektion sah.

Und so verlor meine Fluggesellschaft einen ihrer besten Anwälte.

Dafür trat Seehofer in mein Leben. Seehofer hat in Hessen doppelten Migrationshintergrund. Zum einen stammt er aus der Karibik, zum anderen hat er einen Sprachschatz von ungefähr acht Sätzen und zwölf Schimpfwörtern parat – auf Bayrisch. Seehofer ist ein Amazonenpapagei und ein Schreihals wie er im Buche steht, wenn er nicht ausreichend beachtet wird.

Olaf drückte mir den Vogel samt Käfig in die Hand und meinte, dass er ihn auf seinen weltweiten Auftritten als Model nicht gebrauchen könne.

„Ach ja, und ich vielleicht? Schon vergessen? Ich muss manchmal von heute auf morgen in den Flieger, und wenn ich Pech habe auch innerhalb von wenigen Stunden. Das geht gar nicht - ich kann deinen Vogel auf keinen Fall nehmen!"

Olaf bettelte: „Der Seehofer ist eine vom Aussterben bedrohte Papageienart und ein ganz Lieber dazu. Du wirst ihn mögen, und du wirst dich ruckzuck an ihn gewöhnen. Außerdem wärst du auch nicht mehr so alleine."

Mir blieb die Spucke weg. Wie bitte? Seit wann interessiert sich Olaf für mein Alleinsein? Und, vor allem, was geht ihn meine Einsamkeit an? Und so alleine bin ich schließlich auch nicht. Was bildet der sich ein?

Er hatte plötzlich Wasser in den Augen und schnäuzte in sein Taschentuch. „Glaub mir Linda, ich trenne mich nur ungern vom Seehofer. Aber, verstehst du, ich werde ständig unterwegs sein. Hotels in Paris, in London, in New York, in Rio, in sonst wo. Und ich habe auch schon meine Wohnung gekündigt, weil es sich nicht mehr lohnt, ein festes Domizil zu haben. Ich lebe ab sofort sozusagen auf der Straße. Ich kann den Seehofer nicht behalten."

Olaf, die Drama-*Queen*, wie sie leibt und lebt. Und dann fing er tatsächlich auch noch an zu heulen.

„Hör auf, Olaf, ich bitte dich." Ich umarmte das flennende Supermodel in spe und strich ihm tröstend über den Rücken. „Ist ja schon gut, so beruhige dich doch. Gibt's denn sonst niemanden, der sich um deinen Vogel kümmern könnte? Was ist mit deinen zahlreichen *Lovern*?"

Olaf schüttelte den Kopf: „Du weißt doch wie flatterhaft die sind. Denen würde ich meinen Papagei niemals anvertrauen. Du bist der einzige Mensch, dem ich den Seehofer überlassen kann."

Olaf kannte mich und wusste, wie er mich rumkriegen kann.

„Ich habe auch schon mit Frau Heusel gesprochen. Du kannst ihn, wenn du unterwegs bist, immer bei ihr unterstellen. Die nimmt ihn auch in deinem Urlaub. Sie würde ihn ins Schaufenster stellen, da wäre er sozusagen die Attraktion für ihr Klientel. Und da würde es ihm bestimmt auch nicht langweilig werden, bei den vielen Menschen."

Ich schaute ihn perplex an. „Und warum nimmt sie ihn dann nicht für ganz? Für immer?"

„Du, das geht nicht, weil doch ihr Vermieter dagegen ist. Der duldet Tierbesuche nur für ein paar Wochen, aber keine Haustiere auf Dauer."

Frau Heusel ist meine Kosmetikerin und die Fußpflege von Olaf und mir. Ihr Kosmetiksalon liegt nur fünf Minuten von mir entfernt und ihre Wohnung direkt über dem Laden.

Wie sich herausstellte, war Frau Heusel von dem Gedanken geradezu entzückt und versprach sich mit Seehofer einen Anreiz für ihre Kundschaft und vielleicht auch noch zusätzlichen Zulauf. Sie hatte bereits mit ihrem Vermieter gesprochen und sein okay für die temporäre Beherbergung eingeholt.

„Wenn das mit dem Modeljob nichts wird, nehme ich ihn auch wieder zurück, versprochen." Mittlerweile kniete Olaf vor mir nieder. Ich hatte keine Argumente mehr, um den kleinen, grünen Vogel mit den roten Schwanzfedern nicht aufzunehmen.

Wie sich herausstellte, war der Erker im Schaufenster von Frau Heusel für den Seehofer wie geschaffen und ihre Kundschaft völlig aus dem Häuschen, wenn er dort Quartier bezog. Der Vogel hüpfte aufgeregt, wenn er Publikum bekam, blubberte unverständliche, bayrische Worthülsen und hatte mit seinem Gehabe eine fatale Ähnlichkeit mit seinem Namensvetter. Frau Heusels Klientel war begeistert und der Seehofer sowieso.

Hagen Werner Wolframs Hochzeit hatte ohne mich stattgefunden, und die Welt war davon nicht untergegangen. Aber so geht es mir ständig. Entweder hatte ich eine Einladung und konnte nicht kommen, weil mich ein Einsatz überraschend erwischte, oder ich saß alleine zuhause, weil der Freundeskreis dachte, dass ich irgendwo unterwegs sei. Das ist, gelinde gesagt, sehr unbefriedigend und wirkt sich auch nachteilig auf mein Liebesleben aus. Olaf hatte schon Recht, manchmal war ich sehr einsam. Denn, welcher Mann hält schon mein Lebenstempo durch? Ganz genau, keiner.

Ich versuche meine sporadischen Heimataufenthalte mit Friseurbesuchen, Kosmetikbesuchen, Pediküre besuchen und gelegentlichen Sportstudiobesuchen interessanter zu gestalten. Das ist deprimierend und auf Dauer frustrierend. In solchen Phasen freue ich mich auf den gesprächigen Seehofer, wenn ich nachhause komme, und auch auf jeden neuen Wahnsinn in meinem Berufsleben.

Und der kommt immer, der Wahnsinn.

Der amerikanische Jazz-Star rang verzweifelt die Hände. Das hätte ich an seiner Stelle auch getan. Ruby Ross ist eine dunkelhäutige Jazz-Sängerin mit einer wilden, rauchigen Stimme, die über alle Bühnen dieser Welt fegt. Immer in fetzigen *Outfits*, wie einst Tina Turner in ihren besten Jahren. Diese Frau ist nicht nur ein Ohrenschmaus, sondern auch ein absoluter Hingucker. Bildschön, aber ziemlich unglücklich, stand diese Frau jetzt in meinem Büro. Der Schrankkoffer mit ihren Bühnenkostümen war weg. Verloren, unterwegs auf der Strecke von New York nach Frankfurt.

Emilia, meine italienische Kollegin von der Gepäckermittlung, rang ebenfalls verzweifelt die Hände. „Nach unseren Recherchen ist der Schrankkoffer unterwegs nach Hong Kong."

„Wie bitte, nach Hong Kong? Wie kann denn sowas passieren?" Emilia hielt mir schweigend die Flugunterlagen entgegen. Die exquisiten Bühnenklamotten eines Weltstars, verloren auf einem Direktflug von New York nach Frankfurt, das muss erst mal einer nachmachen. Aber meine Fluglinie konnte das.

Ich blätterte in den Flugdokumenten. Die kleinen *Baggage-Tags* trugen die Abkürzung *HKG*. Das Gepäck würde also in ungefähr acht Stunden in Hong Kong landen. Damit war es noch lange nicht wieder auf den Weg zurück nach Frankfurt, und noch weniger rechtzeitig für die Auftritte der Künstlerin in der Jahrhunderthalle. Zu spät für Heute, zu spät für Morgen und auch zu spät für Übermorgen.

Ich telefonierte mit meinem Chef. „Ich kenne da jemanden, der beliefert den Tiger Palast und Gerdas Kleine Weltbühne. Wir könnten da sicherlich etwas Passendes für Frau Ross finden."

„Machen Sie einfach, egal was es kostet. Schlechte Presse können wir uns auf keinen Fall leisten", meinte mein *Boss*.

Der amerikanische Jazz-Star war kooperativ. Ihr Manager weniger. Mr. Heensfield war ein Kotzbrocken, der mit Konventionalstrafe für ausgefallene Konzerte und Schadenersatz für ausgefallene Gagen drohte. Ich griff zu Hergers Allerheilmittel und füllte den Herrn mit Cognac ab. Danach verfrachtete ich ihn in ein Taxi zu seinem Hotel.

Ruby fuhr mit mir *Shoppen*.

Cynthia La Belle ist auf der Frankfurter Kaiserstraße eine Institution für Theaterleute, für Travestiekünstler und auch für sehr teure Damen aus der Sadomaso-Szene. Ich schleppte Ruby in den versteckten Laden im ersten Stock.

Cynthia flatterte mir entgegen. „Hey, wen hast du mir denn da ins Haus gebracht?" Natürlich kannte Cynthia, die eigentlich Herbert heißt, die Jazz-Ikone aus Amerika und war entzückt, ihre Kreationen an der schwarzen Schönheit auszuprobieren. Die beiden Damen hatten bald einen transzendentalen Konsens gefunden.

Ruby ist sehr groß, sehr schlank, und Cynthia griff ohne zu zögern in ihre Wunderschachteln, um Busen und Po optisch aufzubereiten. Der goldfarbene

Lamé-Traum war an einer Seite bis an den Ober-schenkel geschlitzt und hatte eine Korsage aus unzähligen, goldenen Perlen. Ruby sah darin um-werfend aus. Ebenso umwerfend in langer weißer Spitze, in einem schwarzen Lackleder-Mini und einem fulminant gerafften Abendkleid aus rotem Chiffon. Dazu passende Unterwäsche, passende Schuhe und passenden Schmuck. Wenigsten war der nicht echt, aber die Rechnung trotzdem gepfef-fert.

Herger hatte mir grünes Licht gegeben, und ich ging anschließend mit Ruby in den Frankfurter Hof zum Kaffeetrinken. Die Sängerin entpuppte sich als eine unkomplizierte Südstaatlerin, mit viel Herz und Humor, und wir wurden fast Freundin-nen.

„Verzeihung, Sie sind doch Ruby Ross, ja? Darf ich ein Autogramm haben?" Bald stand eine Trau-be von Menschen um unseren Tisch und wollte die Signatur der Künstlerin auf Servietten, Unterset-zern und herausgerissenen Zetteln festgehalten haben. Die Diva war durch *Shows* und Fernsehen bekannt, und die Veranstalter hatten überall in der Stadt Plakate verteilt.

Ruby drückte mir die Hand. „Bin ich froh, dass du mit mir gekommen bist und mir Cynthia vor-gestellt hast. Ohne dich wäre ich jetzt verloren und könnte nicht auftreten." Das hörte ich gerne, solche Worte waren mein Lebenselixier. Das war mein Beruf, ach was, das war meine Berufung. Meistens kommen unsere Passagiere voller Wut zu mir ins Büro, oder ich fliege in ihr Heimatland, wo sie mir und meinen anwaltlichen Kollegen die Argumente ihrer Rechtsberater um die Ohren klatschen. Manchmal melden sie aber auch meine Hilfsbereitschaft, meine Kreativität, meine kompetenten Lösungsvorschläge an meine Vorgesetzten. Hoffentlich würde Ruby die Wertschätzung meiner Person auch jetzt an die richtige Stelle weitergeben. Das war immer gut für die Personalakte. Und für mein Kontingent an Freiflügen auch.

Für Mr. Heensfield musste ich den ehemaligen Chef der neu gebackenen Ehefrau von Hagen Werner Wolfram bemühen und ihn mit ein paar Damen aus dem horizontalen Gewerbe besänftigen. Aber auf Herrn von Winterstein ist Verlass, und seine Damen sind von exquisiter Qualität.

Damit wir uns richtig verstehen, Hagens Frau hatte zwar in einem Puff gearbeitet, aber niemals als Prostituierte. Nach ihrer Scheidung musste sie sich mit Aushilfsjobs über Wasser halten und landete für einige Wochen als Hausdame in einem Bordell. Als dort ein paar Morde geschahen, lernte sie ihren zukünftigen Mann kennen: Hagen Werner Wolfram, einen Kriminalhauptkommissar und späten Junggesellen.

Ruby Ross hatte bombastische Auftritte in ihren neuen Roben, Mr. Heensfield entspannte Momente und Herr von Winterstein einen Scheck von der *GWA* für die Dienste seiner Mädels in der Tasche. Auch der verlorene Schrankkoffer mit den Kostümen traf irgendwann ein. Alle waren zufrieden.

Ich hatte einen Termin bei meinem *Grooming-Supervisor*. Mehrmals im Jahr werden wir in dieses Büro zitiert, um die Einhaltung der Körperpflegestandards unserer Fluggesellschaft überprüfen zu lassen. Dazu gehört die Kontrolle des Gewichts, der Frisur, der Bartpflege, die von Makeup und Ähnlichem mehr, je nach Geschlechterzugehörigkeit. Die Begutachtungen werden in unregelmäßigen Abständen durchgeführt, selbstverständlich unangemeldet. Wer dagegen verstößt, muss mit Abmahnungen rechnen, die in Abzügen von Flugprozenten und Reduzierungen von Freiflügen gipfeln.

Ich habe da so meine Schwierigkeiten. Abgesehen von den sich ständig wiederholenden Diäten, wüte ich kontinuierlich gegen sämtliche Kosmetikhersteller dieser Welt. Wir weiblichen Angestellten müssen die Hand- und Fußnägel im gleichen Farbton wie die Lippenstifte tragen. Das ist Vorschrift. Nur, was immer ich mir auf die Lippen schmiere, das verändert sich in abenteuerliche Farben. Aus rosa werden lila Lippen, aus Rot ein orangefarbener Mund, immer wieder anders und nicht kontrollierbar. Die Lippenstiftfarben passen unwiederbringlich nicht mehr zu der Farbe meiner Fuß- und Fingernägel. Je nach körperlichem Wohlbefinden ändern lang erprobte Farbnuancen plötzlich ihre Tönung und katapultieren mich in unzählige Verweise auf meinen *Grooming-Sheets*. Und damit weg von meinen Prozentpunkten und dem Kontingent meiner Freiflüge.

Ich klopfte an die Bürotür. „Herein". Verdammte Hacke, Juliane hatte Dienst. Juliane ist ein sehr ehrgeiziger *Grooming-Supervisor* und der Spitzel vom Dienst. Sie möchte unbedingt *Grooming-Manager* werden, und ich hatte ihr den Vorschlag gemacht, sie solle doch - um ihre Beförderung zu beschleunigen - die Eingabe machen, bei uns weiblichen Angestellten eine Landebahn als Intimrasur einzuführen. Seitdem kann sie mich nicht leiden.

„Guten Morgen." Juliane tat beschäftigt. „Du kannst dich schon mal freimachen."

Also das volle Programm. Ich zog mich bis auf die Unterwäsche aus. Die hatte weiß zu sein, wegen eines oberen Blusenknopfs, der einst in grauen Vorzeiten geöffnet werden musste. Der Spitzeneinsatz eines weißen Unterhemdes hatte damals sichtbar hervor zu blitzen. Diese Uniformbluse gibt es schon lange nicht mehr, die Vorschrift immer noch.

Juliane schlich um mich herum.

„Hebe bitte die Arme hoch." Ich hob. Akribisch untersuchte sie, ob ich unter den Achseln rasiert war. Danach waren die Beine dran. Auch die müssen rasiert sein, weiß der Geier warum. Meine Beinhaare sind dünn, blond und spärlich. Trotzdem, Juliane tat ihren Job.

„Zeig mir bitte die Ersatzstrümpfe." Ich hatte Glück, in der Seitentasche meiner geräumigen Uniformtasche hatte ich noch eine Packung mit den vorgeschriebenen Ersatzstrumpfhosen eingelagert. Gut, dass diese Dinger kein Verfallsdatum haben.

Danach stellte sich mich auf die Waage. „Du wiegst 71 Kilo bei 1 Meter 68, das sind 3 Kilo zu viel." Das alte Lied. Ich liebe die italienische Küche und französischen Rotwein.

Dann blickte sie auf meine Füße, nahm meine Hände, danach mein Kinn in ihre Finger und verglich Fußnägel, Fingernägel und Lippenstift. Wie immer passten die Nageltöne perfekt, der Lippenstift hatte sich selbständig gemacht.

„Linda", ihre Stimme klang empört, „das ist in diesem Jahr schon das dritte Mal, dass du unsere Vorgaben missachtest." Tat ich nicht. Beim Kauf meiner Kosmetika achte ich akribisch darauf, dass die Farbtöne exakt übereinstimmten. Aber diese blöden Lippenstifte verselbständigten sich jedes Mal.

„Okay, du willst es nicht kapieren. Nach dem dritten Mal muss ich dir leider einen Freiflug streichen." Das „leider" hätte sie auch gleich streichen können; es tat ihr keinesfalls Leid.

Sie schickte mich raus, sie war vorerst mit mir fertig.

Danach hatte ich Mittagpause. Wir haben 30 Minuten Mittagpause. Die sieben Personalkantinen liegen weit auseinander, und das Essen ist nicht immer jedermanns Geschmack. Dafür ist es günstig und schnell auf dem Tisch. In den Terminals gibt es derzeit 57 Cafés, Bistros, Bars und Restaurants, für jeden Geschmack etwas. Nur, für meine knappe Mittagspause zu langsam und auf Dauer auch zu teuer.

Ich setzte mich zu unserem Flughafen-Doktor an einen Tisch. Der hatte in Sachen Verpflegung offensichtlich auch ein zeitliches Problem und missachtete mit seinem Kantinenbesuch alle medizinischen Ernährungsempfehlungen.

„Wie sehen Sie denn aus? Welche Laus ist Ihnen denn über die Leber gelaufen? Ist schon wieder ein Gast in den Glastisch geknallt?"

Ich lächelte säuerlich und berichtete von meinem Problem. Dr. Freund betrachtete mich nachdenklich, dann zog er eine flache Petrischale aus seiner Jackentasche und forderte mich auf: „Spucken Sie da rein."

Wie bitte? Hatte unser Flughafen-Doktor einen an der Raffel? Er nickte mir auffordernd zu. „Na los, machen Sie schon. Ich kann nichts versprechen, aber ich schau' mir mal Ihre Spucke an." Er klärte mich auf.

Ich schaute mich vorsichtig um und spuckte verstohlen auf den Glasträger.

„Morgen wissen wir mehr. Also dann noch einen Guten Appetit." Er verschwand und ließ mich mit meinen Gedanken alleine.

Wenn ich meinem Kollegen Joshi ins Gesicht sehen will, muss ich den Kopf in den Nacken legen. Joshi ist der größte Japaner, den ich kenne. Da helfen auch keine acht Zentimeter hohen Uniformstöckel.

Ich stellte mich auf die Zehenspitzen und schaute ihm ins Antlitz. „Was ist los, Joshi?"

Seine Augen schimmerten verdächtig feucht, und er drehte den Kopf zur Seite.

Joshi hatte zum gleichen Zeitpunkt bei der *GWA* in Frankfurt angefangen, genau genommen nur zwei Wochen später als ich. Davor war er drei Monate in New York gewesen, und eine deutsche Urlauberin hatte ihm am Schalter im John F. Kennedy International Airport den Kopf verdreht. Sabine ist Beamtin und Joshi folgte ihr bis in die kleine Vorstadt an Frankfurts Speckgürtel. Seitdem sind die beiden ein Paar.

Er behielt den Kopf weiter zur Seite gedreht, um seine Tränen zu verbergen. Aber ich kenne Joshi gut, sehr gut sogar. Er gehört zu meinen Lieblingskollegen, und wir hängen manchmal zu dritt, also mit Sabine, nach Feierabend irgendwo ab. Wer in Joshis dunkle Augen sieht, dem schmiegt sich sein liebenswürdiges Wesen wie ein weicher Samtmantel um die Schultern. Immer ein offenes Ohr, immer einen guten Rat. Das ist Joshi.

Ich packte seinen Arm und schob ihn in mein Büro. „Setz dich erst mal hin, und dann erzähl einfach, was los ist."

Joshi hatte inzwischen den Kopf in die Hände versenkt und schluchzte leise vor sich hin. „Ich muss nach Tokyo."

„Was ist los? Ist was mit deiner Familie? Ist jemand krank geworden?"

Joshi schüttelte den Kopf. „Nein, aber die fünf Jahre sind rum. Mein Vater hat mir fünf Jahre im Ausland erlaubt, um Erfahrungen zu sammeln. Die sind jetzt rum, und ich muss zurück."

Ich schob ihm einen Becher mit Kaffee rüber. Drei Löffel Zucker und einen ordentlichen Schuss Milch, so mochte er ihn am liebsten. Obwohl Asiaten angeblich keine Milch vertragen. Am besten noch ein Stück Schwarzwälder Kirschtorte dazu, das war Joshis Maxime in Deutschland. Joshi war in manchen Dingen noch deutscher als deutsch. Aber ich hatte jetzt keine Schwarzwälder parat, und der Kaffee musste genügen.

„Kannst du nicht noch mal mit deinem Vater reden? Soviel ich weiß, willst du doch gar nicht mehr nach Japan zurück."

Er schaute mich lange an. „Linda, in Japan ticken die Uhren anders. Wir respektieren unsere Familie, und das Wort des Familienoberhauptes gilt. Die Söhne und Töchter müssen gehorchen, und mein Vater will, dass ich die Geschäfte übernehme. Ich bin jetzt fast Dreißig, und er wartet auf mich."

„Und was ist mit Miyu und Megumi? Können die beiden nicht die Läden führen?" Ich wusste, dass seine Schwestern moderne, junge Frauen waren, die eine gute Ausbildung genossen hatten.

Joshi lächelte leise vor sich hin. „Ach Linda, wir sprechen hier nicht von Einzelhandelsgeschäften. Mein Vater macht in Elektronik und hat 12.000 Angestellte auf seiner *Payroll*."

Jetzt verschlug es mir doch kurz die Sprache.

„Außerdem hat mein Vater für mich eine Frau ausgesucht, die ich heiraten soll. Sie ist die Tochter eines Geschäftspartners, der nochmal so viele Mitarbeiter hat. Es ist hoffnungslos; ich muss zurück."

In meinem debilen Unverstand platzte ich heraus: „Ja, und was ist mit Sabine?"

Joshi schaute mich nur an. Tieftraurig. Ich konnte ihn nicht trösten.

Die Abwicklung der Notlandung hatte mich voll im Griff. Papierkram ohne Ende. Das Telefon klingelte. Schon wieder Herger, das bedeutet nie Gutes.

„Linda, wir haben ein dickes Problem." Als wenn das was Neues wäre. „Die amerikanische Bundesbehörde hat sich eingeschaltet und unsere Piloten in das Militärkrankenhaus in Landstuhl einweisen lassen. Sie schicken zusätzlich noch einen Beamten und wollen alles über den *Crash* 1001 wissen. Wie weit sind Sie?"

Ich hatte wenig zu bieten, außer dass es kein *Crash*, sondern eine Notlandung war. Das hatten die Berichte des *Towers*, der Flugsicherung und der Kripo eindeutig bestätigt. Die Zahl der Verletzten war überschaubar, aber die Maschine war angekratzt und fiel aus, und der *Hangar* war beschädigt. Das waren die Fakten, ansonsten tappte ich im Dunkeln. Die Piloten waren Amerikaner, die noch immer unter Schock standen und von Blendungen und fremden Himmelskörpern faselten. Und warum die amerikanische Bundesbehörde darauf bestanden hatte, die beiden in ein Militärkrankenhaus zu überführen, war mir völlig rätselhaft.

Ich brachte meinen *Boss* auf den neuesten Stand der Dinge.

„Linda, in drei Tagen kommt der Fuzzi von der amerikanischen Bundesbehörde. Wir müssen uns was einfallen lassen."

Wir? Wenn mein *Boss* „wir" sagt, meint er mich.

„Am besten setzen Sie sich sofort ins Auto und fahren nach Landstuhl, und reden mit den Piloten."

Von Rechts wegen hatte ich bald Feierabend, aber für solche Einsätze ein fertig gepacktes Köfferchen im Büro.

Eigentlich war ich zu müde, um die 160 Kilometer durch die Pampas zu fahren, kranke Piloten zu befragen und wieder 160 Kilometer zurückzufahren. Ich hatte meine Frühschicht fast beendet und war seit 06.00 Uhr auf den Beinen. Ich dachte an meine unvorteilhaften *Grooming Sheets*, und dass ich unbedingt Pluspunkte sammeln musste, also bat ich Hergers Sekretärin um eine Hotelbuchung und meldete mich für zwei Tage ab.

Frau Heusel übernahm Seehofer mit einem breiten Grinsen. „Meine Kundschaft hat schon nach ihm gefragt." Ich atmete auf, wenigstens das schien reibungslos zu klappen.

Die Fahrt auf der A63, mitten durch die Weinberge, entspannte mich sichtlich. Ich schaute auf die Uhr. Eigentlich hätte ich das Gespräch und die Hin- und Rückfahrt noch am selben Tag schaffen können. Zwar in einem sehr engen Zeitfenster und mit ein paar zusätzlichen Überstunden, aber doch noch zu schaffen. Und Landstuhl ist auch nicht wirklich das Gelbe vom Ei, touristisch gesehen. Aber die Landschaft ist wunderschön, und wer weiß schon, wozu die Entscheidung für eine Übernachtung gut war?

In der Klinik hatte man mir einen Termin beim zuständigen Militärarzt gegeben, am nächsten Tag um 08.00 Uhr in der Früh. Na bitte, wenn das nicht eine gute Begründung für eine Übernachtung gewesen war. Macht das einen Plus oder einen Minuspunkt? Die Piloten könne ich auch erst am nächsten Tag sprechen, nach dem Arzttermin, meinte mein mir unbekannter Gesprächspartner aus der Klinik. Ich überlegte schon wieder: Plus oder Minus? Wie war das nochmal mit der Vorzeichendefinition? Ich versank in die Elementarregeln der einfachen Mathematik, dann stand ich vor meinem Hotel.

Einem Familienhotel, nicht weit vom Stadtzentrum entfernt. Frau Weigand, die Sekretärin meines Chefs, hatte augenscheinlich am Budget gespart.

Ich kickte die Pumps von den Füßen, nahm eine Dusche und machte mich danach auf den Weg. Ich hatte Hunger. Im Hotel gab es nur eine Bar, aber kein Restaurant.

Ich fand mitten im Städtchen ein urgemütliches Restaurant mit einem Zwischengeschoss, das der Besitzer Mezzanine nannte, wo er mich an einen Zweiertisch an der Brüstung platzierte. Ich bestellte beste französische Küche und betrachtete die Gäste von oben. Und ließ es so richtig krachen. Jedenfalls was die Preisklasse meiner Speisung anbelangte.

„Darf ich Ihnen ein paar Vorschläge machen? Unser hauseigener Apéro aus geeisten Himbeeren, mit einem Hauch Minze und Champagner aus der Region Ambonney ist sehr beliebt. Darf ich Ihnen ein Gläschen bringen?"

Er durfte.

„Als Vorspeise kann ich Ihnen heute Lachs-Carpaccio an Sauerampfersahne empfehlen, danach eine mit Pfifferlingen gefüllte Kalbsroulade an Salbeibutter mit hausgemachten Gnocchi, und als Begleitung einen schönen, voll ausgereiften Chablis Domaine Picq aus Chichée."

Ich bestellte.

Die abschließende Käseplatte, mit einer Auswahl gut gepflegter Käsesorten aus verschiedenen französischen Provenienzen, begleitet von einem Bousselots Nuit Saint Georges, Domaine Philippe Gavignet aus dem schönen Burgund, ließ keine Wünsche offen. Man merkte, dass die französische Grenze nicht weit war, und die örtliche Gastronomie davon profitierte. Für ein Dessert hatte ich leider keinen Platz mehr.

„Bitte einen detaillierten Rechnungsbeleg fürs Finanzamt." Ich grinste innerlich bei dem Gedanken an die sparsame Frau Weigand und schickte einen schadenfreudigen Luftgruß in ihre Richtung.

Als ich in mein Hotel zurückkam, erwartete mich öder Durchschnitt. Ich war schon lange nicht mehr in Familienhotels unterwegs gewesen. In der Regel übernachte ich in internationalen Vier- bzw. Fünf-Sterne Hotels, die mit meiner Fluggesellschaft unter Vertrag stehen und ihren Luxus in große Städte auf der ganzen Welt verstreuen. Davon war jetzt weit und breit nichts zu merken.

Aber die Besitzer des schmucklosen Hotelkastens hießen mich persönlich willkommen, gaben mir einen guten Platz an der Bar und kredenzten mir einen *Drink* auf Kosten des Hauses. Soweit so gut. Meine Nachbarschaft entpuppte sich als eine bunte Mischung gestresster Eltern, die ihre Plagen für ein paar Tage bei den Großeltern gelassen hatten, verliebter Pärchen, die auf der Durch-, vielleicht auch auf Hochzeitsreise nach Frankreich waren und jovialer Handelsvertreter, die auf einen schnellen F…Flirt aus waren. Ich ging früh zu Bett.

Punkt Acht stand ich an der Pforte des Krankenhauses. Ich durchlief einen Sicherheitscheck, der mein hochgesichertes Zuhause alt aussehen lässt. Ich gehe mal davon aus, dass sämtliche Sicherheitsbehörden in den Vereinigten Staaten inzwischen über meine persönlichen Daten verfügen. Endlich saß ich vor dem Schreibtisch des behandelnden Arztes und versteckte meine schwarz verfärbten Fingerkuppen zwischen den Knien.

„Ich fürchte, Sie müssen Ihre Piloten für weiterführende Behandlungen in Spezialkliniken unterbringen." Der Militärarzt nahm kein Blatt vor den Mund und erklärte meine fliegenden Kollegen für nicht ganz zurechnungsfähig. „Beide fantasieren von Blendungen und fremden Flugkörpern und ja, es ist nicht abzustreiten, dass der eine Augenverletzungen von Hochfrequenzlasern hat und entsprechend behandelt werden muss, aber der andere," jetzt räusperte sich der Militärarzt, „also der Ältere, hat eine gehörige Menge Alkohol im Blut."

Ich wusste, dass der weltweit gerühmte Alkoholausschank an Bord unserer Maschinen ausschließlich unseren Premium-Passagieren vorbehalten ist und meine Fluggesellschaft, wie alle anderen Fluggesellschaften übrigens auch, strikte Verhaltensregeln bezüglich Alkoholkonsum an das fliegende Personal vorhält: *No alcohol on duty!* Und 24 Stunden vorher auch nicht. Die Vorgaben sind ungeheuer streng. Ich schüttelte den Kopf. „Ich kenne den *Captain*, der würde niemals seinen *Job* für ein paar *Drinks* riskieren." Der Arzt zuckte nur die Schultern. „Wir reden hier nicht von ein paar *Drinks*. Ihr Kollege war bei der Einlieferung hochgradig alkoholisiert, und wie er das anstellt, dass er sogar im Krankenhaus seinen Alkoholpegel hält, ist mir offengesagt ein Rätsel. Sie können die beiden gleich mitnehmen. Wir sind mit ihnen fertig."

Das ging mir nun doch zu weit. „Moment Mal, was heißt hier „Wir sind mit ihnen fertig"? Was soll das heißen? Ich denke, die sind krank, körperlich und vielleicht auch seelisch?"

Der Arzt zuckte wieder mit den Schultern. „*No comment.* Und bevor Sie weiterfragen, selbstverständlich bekommen die weiterbehandelnden Ärzte und Ihre Fluggesellschaft einen ausführlichen Untersuchungsbericht."

Damit war ich entlassen und meine beiden Kollegen ebenfalls.

Die beiden machten keine gute Figur. Timothy hatte gerade erst seinen zweiten Flug hinter sich und war völlig erledigt. Er trug eine dunkle Brille und hatte ganz offensichtlich Folgeschäden an den Augen. Er war auch sonst nicht gut drauf. Mit gerade mal zwei Flügen in seiner Laufbahn, hatte er bereits eine Notlandung hinter sich, nicht zu reden von seinen beruflichen Aussichten mit diesen Augenverletzungen. Blendungen können nicht nur eine zeitweise Einschränkung des Sichtfeldes und zu Desorientierungen führen, sie können sich auch zu einem Verlust der Nachtsicht ausweiten oder, schlimmer noch, zu einer Makula-Ablösung. Damit wäre seine Karriere als Pilot beendet.

Burt hingegen war ein erfahrener, älterer Flugkapitän, der sich in seinen vielen Berufsjahren noch nie etwas zu Schulde hat kommen lassen, und der gerne seine Passagiere mit launigen Sprüchen an Bord unterhielt. Burt beteuerte im Auto mehrmals, dass er keinen Tropfen Alkohol getrunken habe. Weder an Bord, noch 24 Stunden vor seinem Dienst, und jetzt auch nicht. Ich betrachtete ihn von der Seite. Burt war irgendwie anders. Sehr bemüht, sehr kontrolliert.

Ich fuhr die Kollegen schnurstracks in die Flughafenpraxis von Dr. Freund.

Dr. Freund tat genau das Richtige. Erst untersuchte er die beiden Piloten, dann telefonierte er längere Zeit, danach überwies er sie in entsprechende Spezialkliniken. Und bat um einen Termin in meinem Büro. Da gäbe es den besseren Kaffee.

„Linda, ich fürchte um die beiden steht's nicht besonders gut. Euren Kopiloten hat es ganz schön erwischt. Aber er ist bei Professor Urmelin in guten Händen, in sehr guten Händen sogar. Wenn mit seinen Augen noch etwas zu machen ist, dann ist er der richtige Mann."

Die Ermittlungen hatten inzwischen ergeben, dass hoch aufgelöste Laserattacken der hauptsächliche Grund für die Notlandung gewesen waren. Die eingesetzten *Laserpointer* mussten aus dem illegalen Handel stammen, wahrscheinlich aus dem Ausland. Sie waren weit stärker als die üblich gehandelten Geräte. Hagen Werner Wolfram sprach von Extrempointern mit weit über 50.000 Milliwatt Leistungsgröße. Das hatte die Flugsicherung gemessen. Hubschrauber hatten das Gelände weitläufig abgesucht, aber wie so oft, ohne nennenswerten Erfolg. Schon in vergangenen Fällen verliefen solche Suchaktionen jedes Mal im Nichts, deutschlandweit, meist sogar weltweit. Auch von Drohnen oder ähnlichem Gerät fehlte jegliche Spur.

Ich sah dem Arzt aufmerksam ins Gesicht. „Und was ist mit Burt?"

Jetzt sah ich Dr. Freund das erste Mal ratlos, ja fast hilflos. Er zwirbelte an einer dünnen Locke in seinem spärlichen Haupthaar. „Wie soll ich Ihnen das nur erklären? Vordergründig gesehen stehen die Beiden noch immer unter Schock, insbesondere Timothy. Burt erzählte mir, dass er sofort sein Gesicht abgedreht habe, als die Laserattacken kamen. Trotzdem oder gerade deshalb habe er keine Erklärung, warum er die Maschine nicht ordnungsgemäß hatte landen können." Er räusperte sich kurz. „Da ist noch etwas. Burt hat 2,8 Promille Alkohol im Blut und wehrt sich vehement gegen den Vorwurf, dass er etwas getrunken habe." Er zupfte schon wieder an der Locke. „Und ich glaube ihm sogar. Ich habe ihn zwei Tage in Quarantäne gehalten und ihn kontinuierlich beobachten lassen und untersucht. Er hatte keinen Besuch, bekam keine Päckchen, stand ständig unter Aufsicht und nahm keinen Tropfen Alkohol zu sich. Trotzdem", er machte eine kleine Pause, „trotzdem hält sich der Promillepegel konstant. Steigt sogar zeitweise. Wieso hat er so viel Promille im Blut?"

Ich hatte darauf auch keine Antwort. Ich wusste aber, dass gegen Burt ein Verfahren wegen Trunkenheit im Dienst lief, und dass man ihm bis zur Verhandlung die Flugerlaubnis entzogen hatte.

„Ja und jetzt? Wie weiter?"

„Ich habe ihn bei einem befreundeten Kollegen unterbringen können. Der untersucht ihn für ein paar Tage in seiner Klinik." Dr. Freund schob mir einen Zettel über den Tisch. „Das ist die Adresse, vielleicht wollen Sie den Arzt ja persönlich sprechen."

Er stand auf und ging zur Bürotür. Dann drehte er sich um und zog ein Blatt Papier aus seiner Jackentasche. „Ach übrigens, fast hätte ich es vergessen. Das sollten Sie Ihrer *Grooming*-Abteilung geben. Es ist ein Attest, das bestätigt, dass Ihre

Spucke gewisse aggressive Bestandteile enthält, die jedem Lippenstift den Garaus machen, Jedenfalls den darin enthaltenen Farbpigmenten."

Ich hätte ihn umarmen können. Dieses Blatt Papier bedeutete für mich Freiheit. Freiheit in vielen Dingen. Weg vom Zwang der vielen Lippenstifte, weg von den ständigen Nörgeleien meines *Grooming-Supervisors*, weg von Strafreden, Strafpunkten und Strafmaßnahmen. Und viele, viele Freiflüge, die mir wieder gutgeschrieben werden mussten.

Ich bedankte mich überschwänglich, und er ging mit einem Lächeln winkend aus der Tür.

Ich hatte was zu feiern. Die *Grooming*-Abteilung hatte sich bei mir entschuldigt, auch Juliane. Als ich nachhause kam, goss ich mir erst ein Glas Rotwein ein, dann mummelte ich mich in den dicksten Pullover, den ich auftreiben konnte und machte mich auf den beschwerlichen Weg zu meiner Dachterrasse.

Eigentlich ist das ja keine Dachterrasse, und meine Vermieter wissen auch nicht, dass sie, beziehungsweise ich, sowas haben. Als ich einzog, hatte ich sämtliche Räume renovieren lassen und fand bei dieser Gelegenheit in meiner großen Wohnküche eine Art Speisekammer vor. Diese Kammer ist genaugenommen ein großer Wandschrank mit Belüftung. Als ich die schmuddelige Auskleidung von den Innenwänden riss, entdeckte ich eine kleine Eisentür, die man nur mit eingezogenem Kopf passieren konnte. Also, im Grunde genommen konnte man das auch nicht, denn das Schloss war gnadenlos eingerostet und klemmte unnachgiebig. Aber mit viel Geduld, Graphitpulver und WD-40 Spray hatte ich es schließlich geschafft. Und wurde belohnt. Hinter der Tür kann man einen kleinen Teil des Dachs begehen. Zwischen Kaminen und Dachgauben versteckt, liegt da ein winziger Platz, gerademal groß genug für einen klappbaren Hochlehner, einen Hocker und einen Blumentopf. Uneinsehbar, geschützt von hohen Kastanien und Buchen, und im Frühsommer auch von weißen Kaskaden duftender Robinien umsäumt, ist dies meine Freiluftinsel, mein heimliches Refugium.

Ich weiß, ich müsste meinen Vermietern dieses Sicherheitsrisiko melden, aber dann würden sie mein Kleinod dicht machen. Nur, ich liebe diesen kleinen Austritt und will ihn nicht mehr missen; deshalb achte ich auch akribisch darauf, dass die Eisentür nach meinen Ausflügen stets sorgsam verschlossen ist und kein Mensch von meinem Geheimnis weiß.

Ich klappte den Hochlehner auf, legte die dicke Unterlage drauf und kuschelte mich gemütlich in die mitgebrachte Decke ein. Es war noch früh im Jahr, aber der Frühling klopfte schon an, außerdem ist mein geheimes Plätzchen sehr geschützt.

Ich blickte in den Himmel und träumte vor mich hin. Ich hatte schon lange keinen Urlaub mehr gehabt und überlegte, wohin ich mit meinen vielen Freiflügen fliegen könnte. Ab und zu nippte ich an meinem Rotwein.

Als ich aufwachte, war es schon empfindlich kühl geworden und die Rotweinflasche neben mir leer. Also wenn ich den erwische, der mir einfach so meinen Rotwein wegschluckt!

Auf dem Rückweg musste ich sehr sorgsam auf meine Füße achten - das Schloss an der Eisentür hatte ich schlichtweg vergessen.

Wenn ich Maren in der Flughafenkantine sehe, setze ich mich gerne neben sie. Maren hat ein sonniges Gemüt, ist immer hilfsbereit, immer freundlich, lächelt immer. Und seitdem sie einen neuen Freund hat, summt sie auch öfters vor sich hin. Marens Freund ist Amerikaner und Kollege bei einer großen, internationalen Fluggesellschaft. Leider extrem eifersüchtig, aber die beiden lieben sich und wollen demnächst heiraten.

„Darf ich?"

„Was fragst du noch? Komme her." Sie nahm meine Hand und legte sie auf ihren Bauch. Sie strahlte mich an. „Fühl' mal, kannst du was spüren?"

Ich schaute sie sprachlos an. „Du bist schwanger?"

Sie strahlte weiter. „Und wie, schon Ende dritter Monat, und die Uniform passt bald auch nicht mehr."

Maren arbeitet für einen Billigflieger. Angeblich gibt's bei uns unter Kolleginnen und Kollegen keine Konkurrenz, aber wehe, wenn es um eine Stellenausschreibung, einen internen Jobwechsel oder die Liebesgunst in Kollegenkreisen geht: „Da werden Weiber zu Hyänen und treiben mit Entsetzen Scherz." Das gilt auch für die männlichen Kollegen. Goethe musste zu seiner Zeit ein Praktikum am Frankfurter Flughafen gemacht haben.

Maren lernte Marvin kennen und lieben, und sie entschied sich für ein Leben an der Seite des unverheirateten Kollegen. Es erschien ihr aussichtsreicher als ein Versteckspiel an der Seite ihres verheirateten Chefs. Als Maren die Wohnungsschlüssel von ihrem Vorgesetzten zurückverlangte, schob der sie aufs berufliche Abstellgleis, vom *Chief Ticketing Agent* zum *Gate Assistant*, unter dem Deckmäntelchen von Personalknappheit und einem angeblich nur befristeten Einsatz an den zugigen *Gates*. Muss Rache süß sein.

Jedenfalls gab es ein paar Schwierigkeiten und auch Gemunkel, aber Maren schwebte auf Wolke Nummer sieben, und das Gerede, wie auch ihr beruflicher Absturz, konnten ihre gute Laune nicht stören. Maren war bis über beide Ohren verliebt, und wir quatschten in der Mittagspause über unsere Männer. Sie über Marvin und ich über das, was gerade lief.

Ich gratulierte ihr und freute mich für sie. Ich wusste, dass sie einen ganzen Stall voll Kinder haben wollte. Mindestens drei, hatte sie mir verraten.

Sie stürzte sich auf ihr Mittagessen. Maren aß nicht, sie fraß. Sie schaufelte sich eine dicke Kartoffelsuppe, eine Portionen Spaghetti Bolognese, eine Currywurst ohne Pommes, zwei Stück Schokoladenkuchen und eine Flasche Apfelsaftschorle, nebst einem Glas mitgebrachter saurer Gurken, rein. Während ich ihr staunend zusah, wurde mir klar, dass sich Maren in der nächsten Zeit keine Gedanken mehr um ihre Figur und die lästigen *Grooming*-Kontrollen machen musste.

Ich guckte neidisch.

Der Fuzzi von der Bundesbehörde nahm sich sehr wichtig. Das haben Beamte mit der Muttermilch aufgesogen, auch amerikanische. Ich führte ihn herum, stellte ihm die richtigen Leute vor, ging mit ihm alle Unterlagen durch und schleimte mich so richtig bei ihm ein.

Es klappte, wie geplant. Wir verbrachten viel Zeit miteinander, und es entwickelte sich sogar so etwas wie eine kooperative Zusammenarbeit. Die ist in solchen Fällen nicht immer garantiert.

Ich schleppte ihn zu Timothy in die Spezialklinik. Timothy tat mir echt leid. Der behandelnde Professor hatte einen ernsten Ausdruck im Gesicht.

„Ich will noch kein abschließendes Urteil abgeben, aber es sieht leider gar nicht gut aus. Ihr Kollege leidet noch immer unter den Nachwirkungen einer *Flash Blindness*, seelisch wie auch körperlich. Was in seinem Fall ungewöhnlich lange andauert. Er muss wie ein Kaninchen in die *Laser* gestarrt haben."

Ich wusste, dass unsere Piloten auf diese Art von Zwischenfällen geschult werden, aber in der Praxis erleben junge Piloten im Ernstfall oftmals überraschende Reaktionen am eigenen Körper.

Professor Urmelin sprach von Kohärenztomografie, persistierenden Netzhautschäden und Visuseinschränkungen, von Netzhautblutungen und Photokoagulation, die bis zur Erblindung führen können.

Ich schlich mit meinem amerikanischen Bundesbehördenfuzzi im Schlepptau ziemlich geknickt zurück in mein Auto. Das waren keine guten Nachrichten. Nicht für unseren Kopiloten und auch nicht für meinen Chef. Herger würde über diese vernichtende Diagnose toben.

Der behandelnde Arzt von Burt ließ uns erst gar nicht in seine Klink. „Sie müssen das verstehen, der Patient hat im Rahmen meines Untersuchungsplans striktes Besuchsverbot. Und ich kann Ihnen auch noch keine detaillierten Informationen geben.

Bitte gedulden Sie sich noch ein paar Tage, dann erfahren Sie mehr und bekommen alle Ergebnisse auch schriftlich." Sprach's und legte auf.

„Wieso dauert das so lange?" Herger tobte in der Warteschleife.

Isabella, unsere älteste Stewardess - korrekterweise heißt das jetzt *Flight Attendant* und auf Deutsch Flugbegleiterin - also Bella stand kurz vor der Rente. Meine Fluglinie legt großen Wert darauf, dass wir auch einen personalverträglich guten Ruf haben und ist eine der wenigen *Airlines*, die ihr fliegendes Personal bis ins hohe Rentenalter fliegen lässt. Wenn es denn will, und die Damen nicht gerade wie Stacheldrachen aussehen.

Bella sah noch immer sehr gut aus, ansonsten hatte sie alle Eigenschaften eines solchen. Sie war dienstältester *Chief-Flight-Attendant* unserer Gesellschaft und konnte oder wollte sich einfach nicht damit abfinden, dass auch für sie einmal das berufliche Ende naht.

Die meisten *Airliner* lösen sich nur schwer aus ihrem beruflichen Umfeld. Wir haben irgendwie ein anderes Tempo drauf, ein besonderes Weltbild, und auch einen gewissen Luxus im Kopf. Letzteren bekommen wir unbewusst von unseren Arbeitgebern eingeimpft, weil wir in teuren und eleganten Hotels *all over the world* untergebracht sind, und weil wir immer Prozente auf Flüge, Hotels, Leihwagen, Parfüms, Seidenteppiche, Alkoholika und anderes mehr bekommen. Das verführt und wird irgendwann zur Selbstverständlichkeit.

Es war Bellas letzter Flug, und man hatte ihr zum Abschied ein Bonbon geschenkt: *Chief-Flight-Attendant*, einmal rund um die Welt. Von und bis in ihr Heimatland.

Diese großzügige Geste musste sie falsch verstanden haben, denn dieses Bonbon war für sie mit Gift gefüllt. Bella war - wie ich - *Single* und musste unterwegs so etwas wie einen seelischen *Hangover* bekommen haben. Dachte vielleicht an ihr leeres Junggesellinnen-Apartment in New York, an die schlechte Luft in der brodelnden Stadt, an die lauten Straßen, die zahllosen einsamen Nächte, an die vielen Stunden auf der Couch eines hochdotierten Psychiaters. Wer weiß das schon?

Ich musste sie in Frankfurt von Bord holen lassen. Sternhagelvoll, hatte sie sich in der Ersten Klasse die Strumpfhose vom Leib gerissen, ihre Schuhe damit zusammengebunden und elegant über die Köpfe der *First Class*-Passagiere kreisen lassen. Und dabei die amerikanische Nationalhymne gesungen. Bella kann nicht singen, und die amerikanische Nationalhymne ist auch nicht jedermanns Geschmack. Ihre Kollegin Maureen hatte sie kurzerhand ins Klo gesperrt und die Kabinenmusik hochgedreht. Dann haben sie mich von Bord aus angefunkt.

Wir hatten offensichtlich ein paar hochsensible Musikexperten an Bord, und ich ein paar Beschwerden mehr zu bearbeiten.

Wenn ich eine meiner notwendigen Spätschichten einschieben muss, um den Berg unerledigter Akten aufzuarbeiten, schwanke ich zwischen persönlichem Wohlbefinden und träger Bequemlichkeit. Nach Mitternacht fahren die Busse nur noch sporadisch vom Flughafen bis vor meine Haustür. Meistens siegte dann die Bequemlichkeit, und ich nehme das Auto.

Der *Airport* hat mehrere Parkhäuser und Tiefgaragen. Meine Fluglinie hat für gewisse Führungskräfte, zu denen ich nicht gehöre, und für besondere Einsätze, die ich des Öfteren habe, ein festes Kontingent an Stellplätzen in eine der unteren Ebenen. Der pure Luxus. Am späten Abend und nach Mitternacht sind unsere Tiefgaragenplätze meistens frei. Nur, die *Location* gehört nicht unbedingt zu meinem Lieblingsort. Hell erleuchtet und auch Video überwacht, bietet der Bauch des Flughafens zwar eine gewisse Sicherheit, trotzdem, nachts fühle ich mich dort nicht besonders wohl. Einmal hatte man mir sogar das Auto aufgebrochen und mir meine Einkäufe geklaut. Na ja, schön blöd, wenn man eine Flasche Rotwein mit dem passenden Käsegebäck, gut sichtbar im unverschlossenen Auto, auf der hinteren Sitzbank liegen lässt. Also nicht wirklich aufgebrochen, nur geklaut. Aber trotzdem kein gutes Gefühl.

Erst flüsterte man nur. Dann wurden die Gerüchte lauter, später sprach man offen darüber, und zum Schluss machte es überall die Runde. Auch in den Medien.

„Hast du schon gehört? Maren ist angeschossen worden. In der Tiefgarage."

Wie bitte? Ich bohrte: „Was ist passiert? Wie geht es ihr? Weiß man schon Näheres? Wer war das?"

Mein Kollege Neil, der immer sofort und meistens auch alles weiß, musste dieses Mal passen. „Ich hab's von den Sanis, die haben sie von der Tiefgarage ins Krankenhaus gebracht. Schwerverletzt, soweit ich weiß. Aber mehr weiß ich auch nicht."

Ich dachte an die freundliche, hilfsbereite Maren, an das Baby, an ihren Freund, den Vater ihres Kindes. Meine Güte, tat mir das alles leid. Am Abend berichtete die Hessenschau von dem Vorfall. Aus polizeiermittelnden Gründen wurde aber nichts Näheres bekanntgegeben.

Schon am nächsten Tag brodelte die Gerüchteküche weiter, und jeder wusste alles oder auch nichts.

„Sie wurde angeschossen und ausgeraubt."

„Sie hat das Baby verloren."

„Die Polizei tappt völlig im Dunkeln. Vielleicht hat das mit den kürzlichen Überfällen am Hauptbahnhof zu tun?"

„Sie ist schon wieder draußen. Aus dem Krankenhaus entlassen. Es geht ihr gut."

Nichts von allem sollte stimmen.

Herger wollte mich sprechen. „Sie sind doch ganz gut mit der Maren befreundet. Ich habe der Polizei gesagt, dass sie sich mit Ihnen in Verbindung setzen soll."

Ich starrte meinen Chef verblüfft an. „Sie haben was? Ich kenne Maren nur von der Kantine, also was soll der Scheiß?"

Herger überhörte meine unangepasste Ausdrucksweise und entschuldigte diese mit den Aufregungen in meinem Umfeld. „Jedenfalls sollen Sie heute Nachmittag um Zwei auf dem 19.ten in der Südpassage vorbeikommen. Ich gebe Ihnen frei."

„Guten Tag, mein Name ist Linda Lovitt. Ich habe einen Termin um Zwei."

Die Polizeibeamtin komplimentierte mich in ein kleines, stickiges, fensterloses Büro, das nur durch eine Glasscheibe vom Rest des Polizeireviers getrennt war. Ich musste warten, bevor man Zeit für mich hatte.

„Dann erzählen Sie mal. Wie gut kannten Sie die Ermordete."

Ich fiel fast vom Stuhl, nicht weit von einer Ohnmacht entfernt. „Was, wie bitte? Ermordete? Maren ist tot, ermordet worden?" Meine Hände fingen an zu flattern. So unverblümt die Wahrheit zu erfahren, darauf war ich nicht vorbereitet. Das übertraf alles, was gemunkelt wurde.

Der Polizeibeamte sagte mir mehr als erlaubt war. Dass Maren mit vier Schüssen niedergestreckt wurde, und dass sie und ihr Baby ein paar Stunden später im Krankenhaus verstarben. Nun suche man den Mörder, oder die Mörderin.

„Kennen Sie jemanden, der die junge Frau nicht leiden mochte? Der einen Grund gehabt hätte, sie umzubringen?

Ich schüttelte den Kopf. Maren war das sonnigste Geschöpf, das ich kannte und immer und zu jedem freundlich und hilfsbereit. Ich konnte mir einfach niemanden vorstellen, der so etwas Scheußliches getan haben soll.

Seehofer war sauer. Ich hatte Überstunden geschoben und ihn sträflich vernachlässigt. So ein Papagei braucht Pflege, Unterhaltung und regelmäßig

Wasser und Futter. Die Näpfe waren leer, der Käfig vollgeschissen.

Mein Empfangskomitee begrüßte mich lauthals: „Scheissdreeg, Scheissdreeg, Scheissdreeg. Gschlampat, wampat"

Das klang nicht gut.

„Ist ja schon gut, Seehofer. Tut mir echt leid, ich war im Stress, bin's immer noch. Aber das kannst du blöder Vogel ja nicht verstehn, oder? Eine Notlandung, einen blinden Kopiloten, einen Captain, der nur noch Unfug faselt und einen amerikanischer Behörden-Fuzzi an der Backe. Das reicht langsam. Und jetzt auch noch einen Mord."

„Deifi, deifi, jo verreck!"

Ich ging zu dem Käfig und schaute mir den kleinen Vogel etwas näher an. Ob der verstanden hatte, was mir da gerade hochgekommen war?

Vorsichtig öffnete ich die Käfigtür. Ich hatte den Papagei noch nie rausgelassen, obwohl mir Olaf hoch und heilig versichert hatte, dass dies problemlos möglich sei. Sogar notwendig ist. Ein bestimmter Pfiff würde genügen, und der Vogel wäre wieder in seinem Käfig.

Heute wollte ich das ausprobieren.

Seehofer kletterte über die Gitterstäbe auf das Dach des Käfigs. Von dort auf meine Schulter, weiter über meinen linken Arm, um sich mit gekrümmtem Krallenfuß auf einem meiner Finger festzuhaken. Ich hatte ein mulmiges Gefühl. Der Vogel hat einen scharfen Schnabel, und es tut bestimmt weh, sollte er auf die Idee kommen, mir einen Hieb zu verpassen. Außerdem krallte er sich an meinem Finger fest, als gäbe es kein Morgen. Er wartete auf irgendetwas.

Was wollte der Vogel von mir? Seine schwarzen Äugelein rollten unentwegt, dann stupste er seinen Kopf auf meine andere Hand. Immer wieder, bis ich ihn ausgiebig an den Ohren krabbelte. Ich habe keine Ahnung, ob da wo ich Seehofer kraulte, auch seine Ohren waren. Aber was ich tat, schien ihm zu gefallen. Er schloss genüsslich die Augen und drehte den Kopf um 180 Grad. Typisch Seehofer halt.

Zum Dank kleckerte er mir ein geruchsloses Würstchen auf meinen Uniformrock.

Shit happens!

Der Behördenfuzzi musste wieder zurück in sein schönes Amerika. Zuvor aber lud er mich zu einem diplomatischen Empfang als seine Begleiterin ein. Weil ich so schön kooperativ gewesen war. Sein Rückflug war für den nächsten Tag gebucht.

„Sie geben mir sofort Bescheid, wenn Sie die abschließenden medizinischen Untersuchungsergebnisse vorliegen haben, nicht wahr?" Ich versicherte ihm weiterhin meine Unterstützung und ging mich umziehen.

Das beerenrote Puffärmelkleid musste wieder ran und die afrikanischen Klunker auch. Meine Unterwäsche passte noch immer nicht unter meine spektakuläre Robe. Schlimmer noch, ich kam nicht mehr rein. Ich hätte am Vorabend diese Spaghetti mit Scampi und Parmesan weglassen sollen! Ich musste mir einiges einfallen lassen, um wieder in das Kleid zu kommen. Und nahm mir fest vor, einen meiner vielen Freiflüge baldmöglichst für einen ausgedehnten *Shopping*-Bummel zu nutzen.

Der Behördenfuzzi wartete indessen mit dem typischen Langmut eines amerikanischen *Gentleman* vor meiner Haustür.

Der Empfang fand im Amerikanischen Generalkonsulat statt, und wir kamen viel zu spät. Das offizielle *Défilé* hatten wir verpasst, und ich stand ziemlich verloren in der illustren Menschenmenge und begann mich zu langweilen.

„Sie sehen nicht so aus, als wenn Sie zu diesem hölzernen Haufen gehören würden." Ich drehte mich um. Vor mir stand ein großer, hagerer Mensch, nicht wirklich gut aussehend. Die Nase stach aus seinen scharfen Zügen, aber ein umwerfendes Lächeln ließ diesen dunklen Typen strahlen. Unwillkürlich schoss mir durchs Hirn: so sehen Sieger aus. Er stellte sich vor: „Ich bin Julien Trevelyan. Julien Trevor Trevelyan, nicht verwandt mit dem berühmten Briten Julian Otto Trevelyan, dafür um einige Jahre jünger." Er schenkte mir wieder dieses umwerfende Lächeln.

Der Empfang begann interessant zu werden. Ich stellte mich vor und auch den Zusammenhang, wie ich zu dieser Einladung gekommen war. Julien führte mich in die Bibliothek des Generalkonsulats, wo wir uns bei einem Glas Wein angeregt unterhielten. Er erzählte mir, dass er für die amerikanische *Administration* arbeite und plauderte charmant und witzig über die Unterschiede zwischen der Alten und der Neuen Welt.

Der Mann war unterhaltsam, kurzweilig und zog mich auf eine merkwürdige Art in seinen Bann. Wir hatten die gleichen kulturellen Vorlieben, die gleichen politischen Ansichten, was mich bei seinem Arbeitgeber doch ein wenig verwunderte. Und - er zeigte unverhohlen ein großes Interesse an meiner Person. Es begann leise zwischen uns zu knistern. Zum Schluss gab ich ihm meine Visitenkarte, und er kritzelte mir seine Telefonnummer auf den Handballen. Ich ging nachhause und Mr. Julien Trevor Trevelyan verschwand aus meinem Blickfeld.

Aus unserer Frachtabwicklung sind drei bemerkenswerte Gemälde von drei bemerkenswerten Künstlern einfach so verschwunden. Die Frankfurter Galerie hatte sie in Spezialverpackungen angeliefert, aber versäumt, sie über *GWA-Cargo Safe*, unserer Spezialabwicklung für wertvolle Kunst, zu buchen. Auf dem Weg von unserer Frachtabteilung zu unserer Frachtmaschine lösten sich die Gemälde einfach in Luft auf.

Bei Frachtsendungen kann es schon mal vorkommen, wie mit Päckchen bei der Bundespost, dass Beschädigungen, Fehlleitungen oder Diebstähle zu Verlusten führen. Natürlich sollte so etwas nicht vorkommen, *but nobody is perfect.*

Die Wahl für eine ganz normale, einfache Frachtversendung war selbstverständlich auch keine Entschuldigung für den Vorfall. Aber wir haben eine auf Kunsttransport spezialisierte Logistik, mit einer lückenlosen Überwachung und sicherheitsüberprüften Mitarbeitern, um wertvolle Fracht sicher ans Ziel zu bringen. Mit einer gesonderten Lagerung in verplombten Containern und in speziellen Sicherheitsbereichen, wird die Nachverfolgbarkeit und Kontrolle durch eine lückenlose Dokumentation unter diesem zusätzlichen Schutz garantiert.

Nur, die Galerie hatte diesen Service nicht gebucht.

Ich war wieder gefragt, aber ich kam mit meinen Recherchen nicht weiter. Die kriminalpolizeilichen Ermittlungen auch nicht, selbst die taffen Versicherungsleute tappten im Dunkel. Alle Spuren verliefen sich in Pakistans ehemaliger Hauptstadt.

Herger und ein paar einflussreiche *CEO*s meiner *Company* rauften sich die Haare.

Kein Mensch fliegt in diesen Zeiten freiwillig nach Karachi. Ich jedenfalls nicht, schon gar nicht im Monat Mai. Herger kam auf die Idee, dort zu recherchieren. Immerhin ließ er mich nicht alleine reisen und flog mit.

Herger hatte Kontakte in Karachi und wollte sich vor Ort einschalten. Ich packte Seehofer in seine Transportkiste und parkte ihn in Frau Heusels Kosmetikstudio. Frau Heusel und der Papagei waren wieder einmal begeistert, und ich nahm mir vor, Frau Heusel etwas Nettes aus Karachi mitzubringen.

Wir kamen gegen Mittag an. 35 Grad knochentrockene Hitze empfing uns am Jinnah International Airport, und in der Ankunftshalle standen uniformierte Männer mit Maschinengewehren im Anschlag. Unwillkürlich zog ich die Schultern hoch.

Wir wohnten im Pearl Continental Hotel Karachi, nicht weit von der *Defense Housing Area*, einem ehemaligen Wohngebiet pensionierter Militärs, das jetzt *DHA City* heißt und zu den privilegierten Wohngebieten reicher Bürger in Karachi zählt.

Der schmale, hohe und langgestreckte Hotelbau kämpft einen verzweifelten Kampf zwischen orientalisierender Architektur und amerikanischer Modernität. Vorwiegend in Weiß gehalten, hat das Gebäude im obersten Stockwerk orientalische

Fensterbögen und für die Fassade des Hotelkastens haben wohl Bienenwaben Pate gestanden.

„Welcome to the Pearl Continental. Did you have a nice flight? You have room number 284. This is your key, Madam, Sir. Have a pleasant time in Karachi."

Wie bitte?

Herger hob abwehrend die Hände. „Ich war's nicht. Frau Weigand hat gebucht."

Wir bekamen noch zwei Zimmer nebeneinander und Herger telefonierte. Erst mit Frau Weigand, und in ihrer Haut möchte ich nicht gesteckt haben, danach mit seinem Mittelsmann.

Er klopfte an meine Tür. „Linda, ziehen Sie ihre Uniform an und binden Sie ein Kopftuch über den Uniformhut. Ich habe ein Taxi in fünfzehn Minuten bestellt."

Hat der sie noch alle, ich soll was? Ich riss die Zimmertür auf. „Das kann nicht Ihr Ernst sein. Wir hatten einen langen Flug, ich bin hundemüde und total verschwitzt. Ich möchte jetzt duschen. Außerdem habe ich keine Lust, diesen albernen Hut zu tragen. Und schon gar nicht mit einem Kopftuch drüber!"

Er gönnte uns keine Pause und ließ einfach nicht locker.

Aber er hatte, wie in so vielen Dingen, Recht und bestand auf den Hut mit Kopftuch. Außerhalb des Hotels hatte ich das ungute Gefühl, dass mich fast jedes männliche Wesen mit dunklen Augen durchbohrte.

Wir trafen den Kontaktmann von Herger. Der Mann hatte Ahnung und gab uns wertvolle Tipps. In der Fünfzehnmillionenstadt gibt es keine Registrierungspflicht und Beziehungen sind einfach alles. Er telefonierte. Wie und womit er uns bei dem Experten für abstrahierte Kunst einführte, blieb uns ein Rätsel. Die beiden Herren sprachen nur Urdu. Aber wir bekamen noch am gleichen Tag einen Termin.

Herger war glücklich. Ich war müde. Und fühlte mich in der Uniform mit dem ungewohnten Kopfschmuck mehr als unwohl. An mir klebte jede Faser, jedes Haar, einfach alles.

Das Taxi brachte uns in ein brodelndes Geschäftsviertel. Wir trafen uns mit dem pakistanischen Kunstexperten in einem kleinen Teehaus, in dem auch Frauen saßen. Der Mann hörte sich unser Anliegen an und sein anfängliches Lächeln gefror zu eisigen Kristallen. „Ich fürchte, dass ich Ihnen in dieser Angelegenheit nicht behilflich sein kann."

So schnell wir den Termin bekommen hatten, so schnell waren wir auch schon wieder fertig. Was hatten wir falsch gemacht?

Herger war sauer und blieb keine Minute länger in dem Gebäude. Ich wäre gerne geblieben; ich war hungrig. Der Taxifahrer empfahl uns ein helles, modernes Restaurant in der Tipan Sultan Road, wo ich *Prawns* mit Stäbchen aß und Herger noch heute vom besten *Curry* seines Lebens schwärmt.

Es war spät geworden und wir freuten uns auf unsere weichen Hotelbetten. Es war ein langer Tag gewesen. Morgen würde man weitersehen.

Im Hotel standen unsere Koffer bereits fertig gepackt am Empfang, flankiert von zwei Herren in Zivil und zwei Militärs in gefleckten Overalls, die Maschinengewehre im Anschlag.

„Wir bedauern, aber Sie müssen Pakistan noch heute verlassen. Ihr Rückflug ist bereits umgebucht, und wir begleiten Sie zum Flughafen."

„Aber warum das denn?"

„*Sorry, no comment.*"

„Wir verlangen die Deutsche Botschaft zu sprechen."

„Bedaure, das Deutsche Generalkonsulat ist bereits geschlossen."

„Wir wollen…"

„Nein."

„Aber was …"

„Nein."

Die vier Herren begleiteten uns bis zum Flughafen. Zwanzig Stunden später kamen wir gestresst und hundemüde in Frankfurt an. Über die Gründe unserer Abschiebung haben wir nie Näheres in Erfahrung bringen können. Aber ich bin mir sicher, dass der Kunstexperte seine Finger im Spiel hatte.

Die Gemälde blieben verschwunden.

Dafür tauchte Daniel wieder auf. Mein Ex-*Lover* nach Rolf, dem Apotheker. Daniel ist ein Charmebolzen. Banker, drei Jahre jünger als ich, und der perfekte Schwiegersohn aller Mütter schöner Töchter. Aber nichts für alle schönen Töchter dieser Welt. Ich kann ein Lied davon singen. Wir waren über ein Jahr zusammen, und ich frage mich allen Ernstes, wie ich das überstanden habe. Andererseits, er ist charmant, intelligent, gut aussehend und eine Bombe im Bett. Aber genau das ist das Problem. Daniel kann die Finger nicht von den Mädels lassen. Und ich bin extrem eifersüchtig.

„Hey, wie geht es dir? Bist du wieder im Lande?"

Du Dreckskerl, du Hurensohn, du Drecksack; das waren die Worte in meinem Kopf, aber nicht auf meinen Lippen.

„Och ja, ich war gerade in *L.A.* und in Karachi unterwegs, du kennst das ja. Wie geht's dir?"

Ich konnte es nicht fassen. War das ich, die sich gerade nach dem Wohlbefinden dieses Lüstlings erkundigte? Ich hatte ihn mit wütenden Beschuldigungen, üblen Beschimpfungen und meinen hochwertigen Hauspantoletten im Nacken, halbnackt aus meinem Schlafzimmer geworfen. Nachdem ich festgestellt hatte, dass er einen irren Knutschfleck auf seinem linken Hoden hatte. Hallo, einen Knutschfleck auf seinen Eiern? Seitdem hatten wir nichts mehr voneinander gehört. Er wollte mich sehen. Ich ihn nicht.

„Können wir uns am Mittwoch treffen? Ich habe dich so vermisst", schmeichelte er mir durchs Telefon.

Und hier meine Antwort: „Klar doch, gerne. Also dann bis Mittwoch, und - ich freue mich riesig auf dich."

Ich hätte mir in den Hintern beißen können, oder sonst wo hin. Was war da in meinem Hirn vorgegangen? Wieso hatte ich mich wieder mit Daniel verabredet? Ich ärgerte mich maßlos über mein Verhalten und hatte noch genau vier Tage bis zu unserer Verabredung. Genügend Zeit, um wieder zu mir zu kommen und ihm abzusagen! Aber, würde ich das auch tun? Ich wollte mich mit solchen Gedanken jetzt nicht belasten - und hatte ja auch noch ganze vier Tage Zeit. Wie war das nochmal mit der Einsamkeit?

Es war inzwischen weit nach Mitternacht und ich ging auf meine Mini-Terrasse, um mir das Hirn durchpusten zu lassen. Die Flasche Rotwein stand neben mir und auch ein Blumentöpfchen mit Ranunkeln. Ranunkel waren in dieser Jahreszeit genauso unvernünftig wie die Flasche Rotwein neben mir. Auch schon egal.

Nur, wenn ich nicht beides auf mein Küchenfenster zurückstelle, gibt es Kollateralschäden auf beiden Seiten.

Das *iPhone* klingelte. Eine mir völlig unbekannte Nummer aus Amerika erschien auf dem *Display*.

„Yes, hello?" Es war Julien, der Mann aus dem Amerikanischen Generalkonsulat.

Seine Telefonnummer war schon lange ein Opfer von Wasser und Seife geworden, und ich hatte den charismatischen Mann auch schon fast vergessen. Aber nur fast. Verflixt, mein Herz fing an zu klopfen. Mein Hirn war plötzlich leer und mir fielen keine englischen Vokabeln mehr ein. Ich stotterte rum wie eine Anfängerin aus der Unterstufe und bekam meinen Puls nicht mehr unter Kontrolle.

Er plauderte ganz unkompliziert, meinte, dass er noch heute nach London fliegen müsse und auf dem Rückflug einen kleinen Umweg über Frankfurt machen könne. Wenn es denn recht sei? Mittwochnachmittag um 16.00 Uhr könne er am Frankfurter Flughafen landen.

Ich ließ vor Schreck das *iPhone* fallen, und die Verbindung war unterbrochen.

Niemand kann sich vorstellen, wie das ist, wenn man auf einen Rückruf wartet. Wenn man abrupt unterbrochen wird, und dann nichts mehr kommt. Wenn man den Mann seiner Träume am anderen Ende der Telefonleitung hatte, und dann plötzlich ins Leere spricht. In eine finstere Leere, in erloschene Dunkelheit.

Ich war fraglos das einzige, alleinige, bedauernswerte Geschöpf auf Gottes Erdboden, dem so etwas passieren konnte. Hundertpro! Ich hypnotisierte das Telefon. Minutenlang.

Als ich auf die Uhr schaute, stellte ich fest, dass ich fast zwei Stunden neben dem Handy gesessen und auf einen Rückruf gewartet hatte. Außerdem war mir inzwischen kalt, saukalt sogar. Zurückrufen konnte ich ihn auch nicht mehr, der Mann war bereits auf Dienstreise, in das Land der *Limey,s* unterwegs.

Ich sagte meine Verabredung mit Daniel ab, Auf dem Anrufbeantworter, denn der Herr war wieder mal ausgeflogen.

Der Mittwoch kam immer näher. Ich begann mich zu freuen und sang laut vor mich hin. Hatte gute Laune und trällerte mehr falsch als schön. Der Papagei schlug aufgeregt mit den Flügeln.

„Seehofer, du wirst es nicht glauben, aber er kommt wirklich. Zu mir. Macht extra einen Umweg von London nach Frankfurt. Ich bin so was von aufgeregt und könnte Schreien vor Glück."

Der Vogel plusterte sich auf. „Kinna dadi, oba meng dua i ned!"

Ich ging zum Käfig und fixierte den Papagei: „Du blöder Vogel, kannst du nicht wie jeder normale Papagei Deutsch reden? Ich verstehe kein Wort von deinem dämlichen, bayrischen Geseire."

„Deppade Drutschn, du."

Wie bitte?

Am Mittwoch saß ich in meinem Büro und kümmerte mich um eine Dame, die das Essen in der *Premium Economy Class* nicht vertragen hatte und jetzt unter Bauchweh litt. Sie war Amerikanerin und wollte uns wegen Körperverletzung verklagen.

Das machen Amerikaner gerne. Su-Li, unsere Flugbegleiterin des betreffenden Fliegers, berichtete von Keksen aus dem Handgepäck der Dame, die verdächtig nach gewissen Kräuterzusätzen geduftet hätten.

Flug 1002 via *Middle East* - da erübrigt sich jeder Kommentar.

Wie löst man so ein Problem? Manchmal kommt mir in den Sinn, diese Art von Passagieren ohne Rückflugticket auf den Mond zu schießen. Immer muss ich mir etwas einfallen lassen, um auch solchen Leuten eine Lösung anzubieten. Meistens hilft Geld. Geld hat einen ganz besonderen Duft, und damit kann man fast alles regeln.

Glücklicherweise klingelte das Telefon.

„*GWA Airways*, Linda Lovitt am Apparat, was kann ich für Sie tun?" Ich hörte Stimmengewirr, laute Nebengeräusche, Durchsagen, dann die Stimme von Julien Trevor Trevelyan. Ganz klar, fast neben mir. „Hi Linda, ich bin am Heathrow Airport und könnte in ungefähr zwei Stunden bei Ihnen sein. Würde das passen?"

Ich schaute auf die Uhr. Und wie mir das passte! „Super, ich habe gleich Feierabend und warte auf Sie. Ich habe ein Auto und kann Sie in Ihr Hotel bringen." Ich hatte einen Außeneinsatz gehabt und war mit dem Pkw zum Flughafen gefahren. War das jetzt frech gewesen? Möglicherweise zu eindeutig? Ich bekam schwitzige Hände.

Er freute sich. Freute sich wirklich, das konnte man an seiner Stimme hören, und wir verabredeten uns am *Welcome Center*, Ankunft B, Ebene 1.

Wer sich am Frankfurter Flughafen nicht auskennt, der verläuft sich leicht. Der Flughafen hat mehrere Terminals, mehrere Ebenen und einen Transitbereich. Auf dem Innenareal tummeln sich 57 Cafés, Bistros, Bars und Restaurants, 138 Fachgeschäfte, Boutiquen, Banken und Wechselstuben, mehrere Informationsschalter, die auf Neudeutsch *Service Points* heißen, und massenhaft Fluglinien mit unzähligen Schaltern. Da kann einem schon schwindlig werden. Und verirren kann man sich auch.

Mit über 81.000 Mitarbeitern ist der Frankfurter Flughafen so groß wie eine größere Mittelstadt. Aber er ist auch ein Dorf. Interne Neuigkeiten verbreiten sich so schnell wie hessischer Kochkäse in der Sonne.

Ich arbeite gerne in meinem weitläufigen, summenden und brummenden Umfeld, wenn mir auch manchmal die ständigen Durchsagen auf den Keks gehen.

„Nummer 25 zu Ausgang A19, bitte."

Wer in meinem Umfeld arbeitet, hat ständig den Duft der großen weiten Welt in der Nase. Teure Boutiquen mit exquisiter Ware, Restaurants mit erlesenen Speisen, fröhliche Menschen, auch viel Prominenz. Und wer hier arbeitet, muss das Portemonnaie gut festhalten. Mal schnell zum Friseur – teuer. Mal schnell was Essen gehen – auch teuer. Mal schnell was unternehmen – noch teuer. Aber auch bequem und meist von exzellenter Qualität. Warum bleibt nur so viel Monat am Ende des Geldes übrig?

„Nummer 25 in die Ankunftshalle, Gepäckband Nummer 7, bitte."

Die Gäste, die Kolleginnen und Kollegen kommen aus allen Ecken der Welt, das bildet. Und trainiert den flotten Wechsel von einer Sprache zur anderen. Man lernt, dass es viele Ansichten und Meinungen gibt, von denen andere in unserer kleinen, engstirnigen Bundesrepublik wie eingemauert sind. Ich brauche diese internationale Atmosphäre wie die Luft zum Atmen. Ich bin multikulti aufgewachsen, habe einen bunten Freundeskreis und lasse es auch öfters gerne mal so richtig krachen.

„Nummer 25 zu Ausgang B31, bitte."

Und natürlich, wer am Airport arbeitet, sieht Gott und die Welt. Also, die Götter sind selbstgemacht und decken die ganze Bandbreite von Dwayne Johnson über Lady Gaga bis zu Scarlett Johansson ab. Dazwischen wuseln noch die politischen Koryphäen rum. Bei so viel Wichtigkeit kann man selbst leicht gaga werden, aber die Prominenz kocht auch nur mit Wasser. Ich erinnere mich gerne an den kleinen, weltberühmten Filmstar, der mir dankbar zulächelte, als ich ihm bei einem Fernseh-Interview in der *VIP-Lounge* noch schnell einen Schemel unter die Füße schob. In seinen Western und Historienschinken sieht er auch immer viel größer aus.

„Nummer 25 zum Lufthansa-Schalter 264, bitte."

Und natürlich gibt es auch Ekelpakete unter so viel Autorität. Da wird gerne mal der eigene Status vorgeschoben, um was durchzudrücken. Oder der Name der/des aktuellen Geliebten erwähnt, wenn diese Person berühmter ist als man selbst.

„Nummer 25 zu Ausgang A16, bitte."

Ja und die weite Welt, die sehen wir *Airliner* auch viel öfter als Otto Normalverbraucher. Wer zu den ganz Glücklichen gehört, so wie ich, der fliegt auch im Dienst noch rund um die Welt. Wir bekommen außerdem Prozente auf unsere Urlaubsflüge, auf Luxushotels, manchmal sogar Freiflüge, gerne genutzt, um zum Beispiel für ein Wochenende nach Cannes zu fliegen, um in Grasse ein individuell angefertigtes Parfum abzuholen, oder um für die Anfertigung von Seidenblusen schnell mal nach Indien oder China zu *jetten*.

„Nummer 25 zum *Service Point*, Terminal 2, bitte."

Die Nummer 25 wird ungefähr alle drei Minuten aufgerufen, und ist so begehrt wie Harry Potter bei den *Kids* oder Jürgen Drews am Ballermann. Hinter der Nummer 25 verbirgt sich nichts anderes als die Putzfrau; sie ist die begehrteste Frau am Frankfurter Flughafen.

Ich hatte nach Feierabend noch eine Stunde Zeit bis zur Ankunft von Mr. Julien Trevor Trevelyan.

Eine gute Gelegenheit, um wieder einmal Yaron Levi zu besuchen. Yaron ist Uhrmacher und arbeitet in einem namhaften Juweliergeschäft am Frankfurter Flughafen. Ich nutze jede Möglichkeit, mir an den Auslagefenstern die Nase platt zu drücken. Wenn Yaron Dienst hat, kann es schon mal vorkommen, dass er mir eine prächtige Kette um den Hals legt oder einen auserlesenen Ring an den Finger steckt. Ich verdiene ganz gut, aber die Preziosen, die mir bei diesem Juwelier gefallen, kann ich mir beim besten Willen nicht leisten. Außer bei Yaron, wenn er Dienst hat, und das auch nur für ein paar Minuten. Aber allein das ist schon ein richtig gutes Gefühl.

Yaron hatte Dienst und lud mich zu einem Glas Tee ein.

Yaron ist streng verheiratet, und ich hatte einmal seiner Frau geholfen, als sie ihren jüngsten Sohn auf dem Flieger vergaß. Ihre Reise ging von Tel Aviv über London nach Frankfurt. Den letzten Flugabschnitt hatte sie mit *GWA* gebucht. Yarons Frau lebt in Israel, besucht jedes Jahr ihren Ehemann mit einem Haufen heranwachsender Kinder und dem jeweils im Vorjahr gezeugten Nachwuchs. Yarons Frau spricht nur Hebräisch. Ich kann diese Sprache nicht, wie auch sonst keiner in meinem Arbeitsumfeld, aber irgendwie kapierte ich, dass zwischen ihrem zahlreich wuselnden

Nachwuchs einer fehlte. Yaron steckte derweil im Stau, raufte sich die spärlichen Haare und kam nur zentimeterweise auf der Autobahn vorwärts. Er versuchte mich zu erreichen, was aber nicht klappte, weil ich in Sachen Ehefrau minus Baby unterwegs war.

Das Baby lag wohlverpackt in seiner Tragetasche unter Sitzplatznummer 27 in der *Economy Class* und schlief tief und fest bis ich es abholte. Ich legte der überglücklichen Mutter den jüngsten Spross der Familie Levi in die Arme, kurz bevor der völlig aufgelöste Vater am Flughafen eintraf.

Das hat mir Yaron nie vergessen.

Er holte das funkelnde Saphirarmband aus dem Schaufenster und legte es mir um. „Du kannst das gut tragen; es sieht an dir einfach großartig aus. Willst du wissen, was es kostet?" Selbstverständlich waren alle Schmuckstücke im Schaufenster ohne Preise. Kleine Schildchen mit großen Zahlen, so was ziemt sich ab einer gewissen Preisklasse nicht. Ich winkte ab. Ich wusste schon im Voraus, dass ich mir so ein Stück nicht leisten konnte.

„Ich muss los. Danke für den Tee und die Leihgabe." Ich zwinkerte ihm zu und ging in Richtung Glastür. Yaron guckte verblüfft, dann grinste er. „Netter Versuch, aber leider …" Er nahm mir das gute Stück vom Handgelenk und legt es vorsichtig ins Schaufenster zurück. Er hielt mir die Tür offen. „Wenn du wieder mal vorbeischauen willst, immer gerne zu Diensten."

Ich eilte in die Ankunftshalle.

Julien Trevor Trevelyan hat unbestritten eine gewisse Anziehungskraft in der Damenwelt. Das hatte ich schon auf dem Empfang im Amerikanischen Generalkonsulat gespürt, und sie verfehlte auch bei mir ihre Wirkung nicht. Julien ist zu groß, zu dünn und auch etwas zu düster mit seinen dunklen Augen und den dunklen Haaren, um wirklich attraktiv zu sein. Dazu diese scharf geschnittenen Züge. Aber in der Sekunde, in der dieser Mann anfängt zu lächeln, ist es um jede Frau geschehen.

Er kam strahlend auf mich zu, und die gesamte Weiblichkeit in seinem Umfeld war, einschließlich meiner Person, hin und weg. So eine Ausstrahlung hatte ich noch nie bei einem Mann gesehen. Allein Olaf konnte da noch mithalten, aber der war ja zusätzlich auch noch schön.

Julien zog einen kleinen Rollkoffer hinter sich her und stellte ihn an einer Säule ab. Dann nahm er mich in die Arme und küsste mich flüchtig links und rechts an den Wangen vorbei. Er schnappte sich wieder sein Gepäckstück. „Können wir? Ich habe einen Bärenhunger. Darf ich Sie zum Abendessen einladen?"

Natürlich wohnte er im Kempinski Gravenbruch. Die Amerikaner lieben dieses Hotel vor den Toren der Großstadt, mitten im Grünen, nicht weit weg von meinem Domizil. Ich hatte Julien im Generalkonsulat meine Karte gegeben, ob er deshalb dieses Hotel gebucht hatte? Ein schöner Gedanke, aber ich sollte vielleicht nicht so eitel sein.

Wir aßen im Kaminzimmer, direkt neben den leise vor sich hin züngelnden Flammen. Kerzen auf dem Tisch, weißer Damast, eine rote Rose im schlanken Glas. Romantik pur. Er wählte, ohne zu fragen die Menüfolge, den Wein. Davor ein Glas Champagner. Ich weiß, dass Amerikaner das gerne tun, aber ich habe damit so meine Schwierigkeiten. Aber Julien war ein Mann, dem aus jeder Pore der Erfolg strömte, pure Männlichkeit, eben ein Alpha-Tier. Sowas löst bei mir gleichermaßen Begehrlichkeit wie auch Widerstand aus. Eine fatale Mischung.

Wir waren schon in der ersten Nacht im Bett. Er blieb zwei Nächte. Dann gestand er mir, dass er verheiratet ist und es auch bleiben wird. Warum, wollte er mir nicht sagen.

Er flog in die Staaten zurück. Ohne ein Versprechen zu geben oder eine Zusage zu machen. Er ließ einfach alles offen. Ein blödes Gefühl. Wirklich.

Ich stürzte mich in die Arbeit.

Ich knallte die Tüten mit Seehofer Spezialfutter auf den Tisch und packte die Samen, die Beeren und - die neueste Empfehlung vom Zoogeschäft - eine Handvoll Nüsse oben drauf. Der Vogel hatte einen Appetit für drei und fraß mir mit seinem ungezügelten Heißhunger noch die Haare vom Kopf.

„Du frisst wie ein Scheunendrescher, Seehofer. Ich komme mit dem Einkaufen nicht mehr nach und von den unangenehmen Folgeerscheinungen in deiner Behausung will ich gar nicht erst reden."

„Hätti, dati, wuri."

„Du mich auch. Wenn du nicht bald Deutsch mit mir redest, von mir aus auch Hessisch, dann wird das nix mehr mit uns beiden, das sag ich dir. Dann kommst du in die Suppe.

„Fuck! Fuck! Fuck!"

Wie bitte, hat der sie noch alle?

Nach 23.00 Uhr wird es am Flughafen ruhiger. Viele Restaurants schließen bereits vorher, die Boutiquen sowieso. Wer am späten Abend oder nachts am *Airport* gestrandet ist oder - so wie ich - Spätschicht hat, der bekommt sowas wie Entzugserscheinungen. Es wird für unsere Ohren still, zu still. Sogar die Nummer 25 scheint nachhause gegangen zu sein.

Ich lege ab und zu so eine Spätschicht ein. Freiwillig. In diesen Spätschichten arbeite ich meinen angestauten Papierkram weg.

Kein Chef, kein Telefon.

Das Telefon klingelte. Ich schaute auf die Uhr: 23.10 Uhr. Mein Herz begann zu klopfen. Vielleicht Julien aus Washington D.C.?

„Hey Linda, hier spricht Uwe vom Zoll. Kannst du uns helfen? Wir brauchen weibliche Unterstützung, und heute Nacht sind nur Männer im Dienst."

Die Frage war nicht wirklich eine Frage. Die Zollbeamten können jederzeit auf die Mitarbeiter der Fluglinien zurückgreifen, wenn sie es für notwendig erachten. Es kann schon mal vorkommen, dass der Zoll seine Hoheitsrechte nutzt. So wie jetzt.

„Worum geht's?"

„Drogenfahndung."

Ich schloss mein Büro ab und machte mich auf den Weg in die Ankunftshalle, Terminal 1.

Uwe war es peinlich und mir auch. Der Zoll hatte einen Drogenhinweis bekommen und eine Leibesvisitation stand an. Ich verschwand mit der jungen Frau, die man oberflächlich bereits nach Waffen und Drogen untersucht hatte, in einem kleinen Nebenraum. Kein Mensch will wirklich wissen, wo ich überall nachschauen musste, ob sie Drogen versteckt hatte.

Sie hatte nicht.

Wir entschuldigten uns bei dem Fluggast, und ich ging die Rolltreppe wieder nach oben, zurück in mein Büro.

Mir ging die ganze Zeit ein Gedanke nicht mehr aus dem Kopf. Was wäre gewesen, wenn sich der Verdacht bestätigt hätte? Wäre ich womöglich in eine Drogenaffäre verwickelt worden? Wären mir gegebenenfalls Drogenbosse auf den Fersen gewesen? Hätten sie mich vielleicht tätlich angegriffen? Was hatte ich mir nur für einen abenteuerlichen Beruf ausgesucht!

„Hast du es schon gehört?" Meine Kolleginnen und Kollegen hatten keine andere Frage auf den Lippen. Sogar Herger rief mich an, und wusste mir brühwarm zu berichten: „Der eigene Mann hat geschossen. Was für ein Mistkerl, schießt auf die eigene Frau und auf das eigene Kind. Unfassbar."

Die Ermittlungen hatten ergeben, dass Marens Freund sie nach Dienstschluss in der Tiefgarage abgepasst hatte. Dort hatte er sie kaltblütig abgeknallt. Warum nur, warum? Das Tatmotiv war unbekannt, Marens Freund blieb stumm. Und die Medien berichteten, dass ihr ehemaliger Lebensgefährte bis zur Verhandlung weiterhin in Untersuchungshaft saß.

Eine Woche später war die Beerdigung. In die Trauerhalle passte kein Bindfaden mehr zwischen die Besucher. Familie, Freunde, Kolleginnen und Kollegen vom Flughafen, sogar ein paar offizielle Vertreter von Stadt und Land, waren anwesend.

Eine weiße, doppelt gebogene Urne stand auf einem blumengeschmückten Podest mit weißen Rosen und himmelblauen Vergissmeinnicht. Daneben ein Foto von Maren in Uniform, mit schwarzem Trauerflor am Rahmen.

In der ersten Reihe schluchzte eine Frau in einem Alter, das vermuten ließ, dass es sich um Marens Mutter handelte. Links und rechts daneben saßen zwei jüngere Frauen, die ihre Hände tröstend um die Schultern der weinenden Frau gelegt hatten. Vermutlich die Schwestern. Ich wusste, dass Maren zwei Schwestern hatte. Die Menschen in den ersten Reihen waren ausnahmslos tiefschwarz gekleidet.

Auf den Stufen vor der Urne standen und lagen unzählige Blumen, Kränze und Blumengebinde. Völlig perplex nahm ich wahr, dass alle Gestecke aus weißen Rosen und hellblauen Vergissmeinnicht gebunden waren. Ein berührender Gedanke. Vor den Stufen standen flache, mit Wasser gefüllte Becken, in denen die Trauernden ihre angezündeten Schwimmkerzen setzen konnten. Auch hier

schwammen Rosenköpfe und Vergissmeinnicht-
blüten zwischen den Lichtern.

Der Pfarrer sprach von Marens sonnigem Wesen,
von ihrer Lebenslust, von ihrer Hilfsbereitschaft,
von ihrer Freude auf das zu erwartende Kind. Immer mehr Tränen flossen, immer mehr Taschentü-
cher traten in Aktion.

Ich ging danach nicht mit zum Grab. Ich hätte es
nicht ausgehalten.

Es zerreißt mir fast das Herz. Julien ist der Mann,
bei dem mein Herz klopft, bei dem mein Puls
schneller schlägt. Wenn das Telefon klingelt und
seine Stimme am anderen Ende ist, schießt mir das
Blut in den Kopf und meine Magennerven spielen
verrückt.

Wir hatten uns nur einmal für ein paar Tage gesehen, und ich heulte tagelang, als er wieder weg
war. Ab und zu schickte er mir Mails oder Nachrichten auf meinem *iPhone*. Oder er rief mich an.
Und dann telefonierten wir stundenlang. Wir
tauschten uns über Kunst und Kultur, über Politik
und Religion aus. Wir sprachen über Reisen und

Bücher. Über Essen und Trinken. Über Musik und Filme.

Nur über seine Arbeit sprachen wir nie.

Die Zeitverschiebung forderte ihr Tribut, und ich sprang nach unseren Telefonorgien immer öfter noch schnell unter die Dusche, um pünktlich zum Dienst zu erscheinen. Schlafen war später.

„Hi Linda, ich weiß, es ist spät, aber ich musste dich unbedingt hören."

„Es ist früh bei mir, Julien, aber ich freue mich riesig, wann immer du anrufst."

„Was machst du gerade?"

So ging es in immer kürzeren Abständen. Ich war glücklich, seine Stimme zu hören oder auch nur eine Nachricht von ihm zu lesen. Ich hatte so tiefe, so intensive Gefühle für ihn, dass es auch in glücklichen Augenblicken schon fast wehtat. Wir wussten beide, dass so eine Fernbeziehung verworren ist, aber je tiefgreifender unsere Gespräche waren, umso mächtiger wurde unser Verlangen. Sex am Telefon, ob sowas gesund ist? Wohl kaum, aber es war besser als nichts.

Ich ging nicht mehr aus. Ich blieb zuhause und wartete. Auf ihn, auf ein Lebenszeichen von ihm. Und war todunglücklich, wenn er nicht anrief oder eine Mail sich verspätete. Ich machte mir Sorgen, wenn ich nichts von ihm hörte und wurde wütend, wenn er mir am Telefon beichtete, dass er auf dem Sofa eingeschlafen war. Was treibt dieser Mann, dass er immer so fertig ist?

Ich schlich um das wunderliche Ding herum wie die Katze um den heißen Brei. Mannshoch, mit einem weit ausladendenden Messingbogen, stand der glänzende Halter in dem Zoogeschäft, das ich neuerdings immer öfter besuchen musste, um Seehofers Fressbedürfnisse zu decken. Der schimmernde Ständer schien für seinen Käfig wie gemacht.

„Ein schönes Stück. Was für einen Vogel haben Sie?" Der Verkäufer meinte es garantiert nicht zweideutig, und so erzählte ich ihm von Seehofer. Die ganze *Story*, in epischer Breite.

„Amazonenpapageien sind sehr gesellige Vögel. Die brauchen Unterhaltung, und wenn Sie den ganzen Tag außer Haus sind, sollten Sie ihn ans Fenster stellen. Da ist immer was los."

Der hatte keine Ahnung. An meinen Fenstern tummeln sich Buchen, Kastanien, Robinien und Himmel, sonst nichts. Da tut sich nichts, rein gar nichts. Vor den Villenfenstern ist tote Hose. In den Villen manchmal auch.

„Außerdem mögen sie Licht und Luft, und im Sommer kann so ein Vogel auch gerne an einem schattigen Plätzchen auf der Terrasse stehen. Das mögen diese Papageien ganz besonders."

Mag sein, aber ich hatte keine Terrasse, außer meinem illegalen Dachloch zwischen Gauben und Schornsteinen. Und Seehofer machte Krach, beträchtlichen Krach sogar. Also keine gute Idee, ihn auf meiner versteckten Mini-Terrasse auszuquartieren. Aber Licht am Fenster, das konnte ich ihm bieten.

„Was kostet sowas?"

Der Verkäufer hängte einen passenden, geräumigen Messingkäfig an die gebogene Stange. Es sah sensationell aus.

„Das absolute Papageienglück, so eine Vorrichtung, und ein ausgesprochen schöner Blickfang in jedem Wohnzimmer."

„Wieviel?"

Er druckste herum: „Ein sehr schönes Stück. Sozusagen der Ferrari unter den Käfigen."

„Wieviel?"

„Eintausenddreihundertachzig Euro, Käfig inklusive Halter." Ich traute meinen Ohren kaum. Ich wollte schließlich keinen goldenen Käfig, sondern nur eine Messingstange kaufen.

„Haben Sie so was auch in Richtung Volkswagen?"

Der Verkäufer schaute sich vorsichtig um. Dann flüsterte er mir ins Ohr, damit die umstehende Kundschaft nichts von seinen Worten mitbekam: „Ich hätte da noch eine gebrauchte Halterung auf Lager. Rücklauf wegen Umzug, wäre das was für Sie?"

Es war.

Seehofers Käfig hing jetzt dekorativ an einer leicht gebrauchten, spektakulär aussehenden Vorrichtung, aus gebogenem Messing für achtzig Euro, vor einem der bodentiefen Wohnzimmerfenster. Der Seehofer hing sozusagen mitten im Himmel, zwischen Buchen und Robinien.

Wenn das Telefon klingelte, ließ ich alles stehen und liegen und griff zum Hörer. Aber es war nicht immer Julien, der anrief. Seit ein paar Tagen bekam ich seltsame Anrufe. Im Büro, zuhause und auf meinem Handy. Anfangs machte ich mir noch keine Gedanken, wenn ich am anderen Ende nichts hörte. Solche Fehlverbindungen kommen manchmal vor. Aber erst diese Stille, dann dieses leise Atmen, und dann für eine ganze Weile nichts. Das war unheimlich. Der Anrufer legte einfach auf. Oder die Anruferin. Ohne ein Wort. Immer öfter, immer wieder.

Irgendwann nervten die Anrufe, und ich wurde wütend. Als ich richtig wütend wurde, brüllte ich ins Telefon.

Ich hatte die Faxen dicke. Es verging kaum ein Tag, in denen der Telefonterror nicht stattfand. Stille, Atmen, manchmal auch Keuchen, und dann das Klicken am anderen Ende. Ich erstattete Anzeige bei der örtlichen Polizei.

Der Polizeibeamte klopfte ungeduldig mit dem Kugelschreiber auf das Formular vor ihm. Unwillkürlich hatte ich den Eindruck, dass ich ihm seine kostbare Zeit stehlen würde.

„Hat er schon mal was gesagt?"

Ich schüttelte den Kopf. Der Polizeibeamte ging davon aus, dass der Anrufer ein Mann war, ein Mann sein musste.

"Bei Ihrem Lebenswandel und bei Ihrem Beruf."

„Was soll das heißen, bei meinem Lebenswandel und bei meinem Beruf?"

Er wand sich ein wenig. „Na ja, Sie kommen viel rum, haben viel mit Leuten zu tun, denen Sie vielleicht mal auf die Füße getreten sind. Und sie haben ein, ich will mal so sagen, etwas außergewöhnliches Leben."

Ach ja? Wieso hatte ich das Gefühl, dass er mich in die Kategorie „anstößiger" Beruf und „leichter" Lebenswandel einordnete? Weil ich für eine Fluglinie arbeite, weil ich in der ganzen Welt unterwegs bin? Weil ich rote Fingernägel und geschminkte Lippen habe? Weil ich Uniform trage? Die trug er schließlich auch.

Ich rollte mit den Augen. Er hatte nichts verstanden. „In der Regel helfe ich den Menschen. Haben Sie mich verstanden? Die kommen zu mir, weil sie ein Problem haben, und ich bin dafür da, dieses

Problem zu lösen. Die sind froh, dass es mich gibt. Und außerdem, glauben Sie vielleicht, dass ich den Leuten auf die Nase binde, wo ich wohne oder denen meine Telefonnummer gebe? Ich stehe ja nicht mal im Telefonbuch."

„Ich fürchte, dass ich da gar nichts machen kann. Ihnen ist doch nichts passiert."

Wie bitte? Musste erst etwas passieren, bevor ich Hilfe bekam? Ich konnte es nicht fassen und blaffte ihn an: „Das ist nicht Ihr Ernst, oder? Muss der Typ erst bei mir einbrechen oder mich umbringen, bevor Sie was unternehmen?" Jetzt sprach ich auch schon von einem männlichen Täter.

Um es kurz zu machen: der Beamte schlug vor, dass ich eine Fangschaltung legen lassen soll. Und wenn der Anrufer sich auf ein längeres Gespräch mit mir einlassen würde, könnte man ihn vielleicht auch orten. Die Kosten dafür müsste ich allerdings selbst tragen.

Ich bat um Bedenkzeit. Nicht wegen der Kosten. Ich hatte nur dahingehend Bedenken, ob der *Stalker* sich auf ein Gespräch mit mir einlassen würde.

Wir hatten Bombenalarm am Londoner Flughafen. Natürlich tun die britischen *Authorities* bei solchen Ereignissen alles, um die Passagiere zu retten, und um die Bombe zu finden. Und sie tun immer einen guten Job.

Ich schnappte mir ein paar Zeitungen aus der *VIP-Lounge*. Die meisten Blätter schrieben sachlich über den Zwischenfall, aber die englische Presse war ätzend. Sie übertrieb maßlos, und zwei von den schlimmsten Schmierblättern walzten unsere Rund-um-die-Welt-Flieger gehässig als unnütze Luxus-*Liner* nieder, die nichts anderes als übergroße, teure, umweltverschmutzende Busse in der Luft seien und wir in Krisensituationen auch nur mit Wasser kochen würden. Bissige Kommentare, unfair und geschmacklos. Auf diese Art der Berichterstattung konnten wir gut verzichten. Nicht gut fürs Geschäft.

Aber, ein Körnchen Wahrheit steckt immer im Detail. Die Rund-um-die-Welt-Flieger sind seit zwei Jahren die Vorzeigeflieger meiner Fluggesellschaft, und das *Management* scheut keine Kosten und Mühen, um die Passagiere der beiden Prestigerouten zu hätscheln und zu tätscheln. Dafür stehen wir meist auch wohlwollend in der Presse, nur heute nicht - leider.

Herger sprang im Quadrat.

Mein *Boss* schickte mich, um die gestrandeten Weiterflieger persönlich zu betreuen, falls sie lebend aus dem Flughafen kämen. Ich weiß, mein Sarkasmus ist manchmal etwas drastisch und in diesen Zeiten auch unangebracht, aber wenn man schon so viele Katastrophen und Beinahekatastrophen wie ich erlebt hat, dann ist so ein Bombenalarm wirklich nichts Aufregendes mehr. Eher seine Nachwirkungen. Zumal meine Airline bislang immer mit einem blauen Auge davon gekommen ist.

„Sie holen sie da raus, egal wie." Herger konnte manchmal wie ein Kind sein, Laut, starrköpfig, von einer infantilen Naivität. „Ich weiß schon, was Sie sagen wollen. Dass die britischen *Authorities* ihre Finger im Spiel haben, dass die Sicherheitsbeamten zuständig sind, und dass Sie keine Befugnisse haben. Das ist mir egal. Sie holen mir die da raus. Wir müssen den Ruf unserer *Around-the-World*-Flieger schützen. Das sind die schönsten, die besten, die sichersten Flüge der Welt, und das müssen sie auch bleiben. Haben Sie mich verstanden? Sie haben grünes Licht, fragen Sie nicht lange rum, tun Sie einfach was."

Mein Chef setzt mich gerne für solche Sondereinsätze ein, weil er der Auffassung ist, dass ich eine gewisse Kreativität besitze und solche Schwierigkeiten mit links löse. Der hat gut reden, der macht es sich leicht.

Der gesamte Heathrow Airport war gesperrt und die Flüge auf den Ausweichflughäfen überbucht. Ich bekam gerade noch einen Platz auf dem *LH-Cityflyer* zu den *Royal Docs* in London. Auf einem unbequemen *Jumpseat* neben dem Klo. Immerhin neben dem Erste-Klasse-Klo. Und ich hatte Glück, ich bekam auch sofort ein Taxi von *LCY* nach *LHR*. Der Wagen brauchte für die Fahrt nur etwas über eine Stunde, obwohl die Innenstadt und die Ringautobahn brechend voll waren.

Es war bereits stockfinstere Nacht, als ich an der Sperrzone des Flughafens ankam. Diesmal hatte ich keinen Hagen Werner Wolfram zu Hilfe und musste mich mit Telefonaten und Behördenkram rumärgern, bis ich glücklich meine Passagiere übernehmen konnte. Diese hatten die britischen *Authorities* inzwischen erfolgreich evakuiert, und ich nahm achtundvierzig verschreckte und übermüdete *Paxe* unter meine Fittiche. Herger war mittlerweile tätig gewesen und hatte meine Vorschläge zügig umgesetzt.

Ich packte die Weiterflieger in einen gecharterten Bus, drückte ihnen *Doggy-Bags* in die Hand und verteilte Wasser, O-Saft und Cola.

"No booze on board?"

"No Sir, no booze on board!"

Linda Lovitt widersetzte sich den Vorgaben ihrer Vorgesetzten und brach die Regeln der ständig verordneten Trinkgelage. Meine Fluglinie hat da ganz eigene Vorstellungen, die nicht immer konform mit meinen laufen.

Als wir am Gatwick Airport ankamen, wartete bereits die hurtig eingeflogene GW 1001a mit einer Sondergenehmigung auf der Flugbahn. Die Passagiere sanken völlig fertig in die Sessel ihres Ersatzfliegers. *Ready for take off.* Selbstverständlich hatte ich vollstes Verständnis dafür, dass sich meine geretteten Leute an Bord des Fliegers die volle Kanne gaben. Aber das war außerhalb meiner Verantwortlichkeit, damit hatte ich nichts mehr zu tun.

Am Frankfurter Flughafen begleitete ich ein paar Aussteiger ins Hilton Hotel, wo luxuriöse Betten auf sie warteten. Auf Kosten meiner Fluggesellschaft, selbstverständlich. Wenige Stunden später kam auch ihr Gepäck wohlbehalten in Frankfurt an. Die Weiterflieger reisten mit der Sondermaschine und einer ordentlichen Verspätung weiter, und ich gab meinen *Report* ab.

„Na also, geht doch. Ich mache für Sie ein paar Bonuspunkte locker, weil Sie Überstunden gemacht haben."

So klang ein höchstes Lob von Herger.

Übrigens, die Bombendrohung war blinder Alarm gewesen. Ich sank dankbar und todmüde in mein Bett.

Die gastroenterologische Klinik rief an. Ob ich wohl Zeit hätte, einen Termin mit Prof. Dr. Welterslauter zu vereinbaren? Der Arzt wolle mit mir persönlich sprechen, um über die Untersuchungsergebnisse unseres Flugkapitäns zu berichten. Das klang spannend.

Die Klinik liegt im schönen Neckartal, kurz hinter Heidelberg. Ich hatte erst am frühen Nachmittag einen Termin, keine Lust auf Autobahn und bummelte über die Bergstraße und über Weinheim, durch den romantischen Odenwald bis an den Neckar. Ich hatte mir zwei Tage freigenommen und wollte meine Freundin Tara in Maulbronn besuchen. Die kurze Zeitunterbrechung für das Gespräch in der Klinik wollte ich meinem Arbeitgeber großzügigerweise schenken.

Die Klinik war eine kleine Privatklinik und Prof. Dr. Welterslauter ein schmächtiger, etwas fahriger Mann mit Brille, ganz ohne Arztkittel. Er bat mich Platz zu nehmen und fiel gleich mit der Tür ins Haus. „Ihr Mitarbeiter hat eine gestörte Mikrobiologie des Darms und ist so etwas wie eine autarke Bierbrauerei."

Ich hatte schon gehört, dass Wissenschaftler manchmal etwas schräg drauf sind, aber wovon redete dieser Mensch hier? Prof. Dr. Welterslauter sprach von Helicobacter pylori und von Saccharomyces cerevisiae, und ich verstand nur Bahnhof. Ich guckte etwas verwirrt.

„Ihr Pilot hat ein sogenanntes *Auto-Brewery-Syndrome.*" Er versuchte mir in einfachen Worten die Diagnose zu erklären: Burt leide unter einer Schwächung seiner Immunabwehr, die die Mikrobiologie des Darmes empfindlich störe. „Solche Störungen können beispielsweise durch die Einnahme von Antibiotika verursacht werden."

Ich erinnerte mich, Burt hatte vor seinem letzten Flugeinsatz eine kapitale Erkältung gehabt.

Prof. Dr. Welterslauter dozierte weiter: „Wir haben seine Blutalkoholkonzentration, unter Ausschluss jeglicher Kontakte von außen, kontinuierlich untersucht. Durch verschiedene Tests haben wir herausgefunden, dass sein Körper aus seiner Nahrung eine große Menge an Hefepilzen produziert, die zu Ethanol fermentieren. Das heißt, wenn er zum Beispiel Traubenzucker, auch in nur geringen Mengen, zu sich nimmt, entsteht eine starke alkoholische Gärung, die zu einer eigengenerierten hohen Alkoholisierung führt. Wir haben bei ihm Alkoholwerte von 2,8 Promille und mehr gemessen."

Er erklärte mir auch noch die mögliche, wenn auch komplizierten Heilungsmethode, um aus diesem alkoholisierten Zustand wieder herauszukommen. Ich atmete auf. Burt war rehabilitiert, könnte vielleicht wieder gesund werden. Ob er allerdings je wieder ein Flugzeug fliegen würde, das stand in den Sternen.

Ich stieg ins Auto und schaute auf die schmucklose Fassade der Klinik. Da irgendwo, hinter einem der

Fenster, versuchte unser altgedienter Flugkapitän wieder Tritt ins normale Leben zu bekommen.

Und ich war zu feige gewesen, ihn nach der ärztlichen Unterredung zu besuchen.

Maulbronn ist ein romantisches Städtchen mit knapp 7.000 Einwohnern. Tara wohnt in der Hermann-Hesse-Straße, in einer Wohnsiedlung, unweit der alten Zisterzienserabtei Maulbronn. Johannes Keppler, Friedrich Hölderlin und Hermann Hesse waren einst dort Seminaristen.

Wir fuhren bis nach Calw, und ich stöberte in den alten Briefen und Schriften des unglücklichen Dichters. Hermann Hesses depressiver Stil entsprach genau meiner derzeitigen Stimmung.

Über uns *Airliner* wird viel erzählt: dass wir nie Zeit hätten, dass wir überheblich seien, dass wir eine Sprache sprächen, die kein Mensch versteht, und dass wir in einer anderen Welt leben würden. Stimmt irgendwie alles und auch wieder nicht.

Es ist durchaus üblich, dass wir mal kurz nach Berlin, Paris oder London hechten, um *Shoppen* zu gehen. Und es ist auch durchaus üblich, dass wir für nur wenige Tage nach New York, Hong Kong oder Singapore hoppen, um was zu erleben. Aber da ist auch viel Einsamkeit dahinter oder Flucht vor irgendwas.

Ich zog Bilanz: keinen festen Partner, die Freunde überall in der Welt verstreut, und nur ein vernünftiges Kleid zum Ausgehen im Schrank. So erfolgreich ich manchmal in meinem *Job* war, so erfolglos war ich in meinem privaten Leben.

Da half nur eins: *Shoppen*.

Endlich hatte ich Zeit gefunden, einen Bummel nach London einzuschachteln. Herger hatte mir ganze zwei Tage frei gegeben. Ich brauchte dringend etwas zum Anziehen und vor allen Dingen noch ein Kleid zum Ausgehen.

Wer weiß, vielleicht kommt Julien nochmal nach Frankfurt? Auf der anderen Seite, wenn ich's mir recht überlege, hatte er bei seinem letzten Besuch alles andere als Textilien im Sinn gehabt.

Wenn man tagaus tagein Uniform trägt, minimiert sich der Inhalt des Kleidungsschranks. Man verlernt das Aufbrezeln, ich jedenfalls. Ich habe zwei Paar Jeans, ein Paar schwarze und ein Paar helle Hosen, einen Sommer- und einen Winterrock, zwei Blazer, zwei Blusen, vier T-Shirts und zwei Winterpullover im Schrank. Nicht gerade übertrieben viel für eine sogenannte *Jet-Setterin*. Ach ja, da war auch noch das beerenrote Puffärmelkleid. Leider viel zu eng und mit inzwischen etwas ausgeleierten Nähten.

Ich bekam noch einen Platz auf der GW 1002 nach London und Seehofer seinen Stammplatz im Kommunikationszentrum bei Frau Heusel.

Ich freute mich auf *Swinging London*. Es war schon eine Weile her, dass ich mir den Trubel, die Ausgelassenheit und das bunten Treiben in Englands Hauptstadt reingezogen hatte. Die englische Metropole macht immer gute Laune, und wenn man nicht unbedingt auf typisch englische Kost besteht, kann man sogar in kulinarische Überraschungen abtauchen. In der Regel aß ich in London Indisch, Chinesisch, Thailändisch oder Vietnamesisch - bis ich *Haggis* kennenlernte.

Haggis ist eine Spezialität aus der schottischen Küche. Auf der Suche nach einem Restaurant bin ich zufällig auf diesen schottischen Gourmet-

Tempel am Trafalgar Square gestoßen. Das *Alban-nach* überzeugt mit einer exzellenten Küche und einer aufwändigen Innendekoration mit viel Geweih an Tischen, Wänden und Lampen. Ich konzentrierte mich mehr auf die Angebote aus dem Küchenbereich und blickte über das doch etwas gewöhnungsbedürftige Ambiente mitten im Herzen von London hinweg. Ich hab's nicht so mit gehörntem Aufputz zwischen viktorianischen Einfamilienhäusern und futuristischen Wolkenkratzern.

Haggis besteht aus dem Magen eines Schafes, auch „*paunch*" genannt, der mit Herz, Leber, Lunge, Zwiebeln und Hafermehl gefüllt wird. Mit viel Pfeffer und ein paar unbekannten Aromen scharf gewürzt, verleiht das Hafermehl der Masse eine schwere Konsistenz. *Haggis* wurde erfunden, um nach einer Schlachtung die schnell verderblichen Innereien des Tieres für einige Zeit haltbar zu machen. Klein gehackt, gut gewürzt, gekocht und in einen Magen oder in einen Darm als geeignete Hülle gefüllt, klingt es zugegebenermaßen nicht so gut wie es schmeckt. Aber ehrlich, es schmeckt einfach köstlich – mir jedenfalls.

Ann-Susan war eine frühere Kollegin und wohnt jetzt mitten in der Stadt, in Bayswater. Das teuerste in der Hauptstadt des Vereinigten Königsreichs sind die Unterkünfte. Ann-Susan kann sich die

Souterrain-Wohnung im Herzen von London auch nur leisten, weil sie in der Villa einen Nebenjob als Beschließerin hat. Das helle Gebäude in Westbourne Park Villas, nicht weit von den Bahngleisen des Paddington Bahnhofs und unweit des Central Parks, ist in elf komfortable Ein-Zimmer-Apartments aufgeteilt, mit Kochnischen und einem gemeinschaftlichem Bad auf jeder Etage. Die Mieten für die Studios sind horrend.

„Hey, das ist ja mal eine Überraschung. Wie lange kannst du bleiben?"

Ann-Susan war nach ihrer Verrentung in ihr Heimatland zurückgekehrt und lebt alleine. Wie bei vielen ehemalige *Airlinern* waren die Eheangebote in ihrer Jugend überaus zahlreich, aber Ann-Susan wollte erst einmal die Welt kennenlernen und das Leben genießen. Männer? Nur ambulant, niemals stationär. Aber je älter sie wurde, desto höher wurden die Ansprüche, und die Waagschale der Offerten bekam mit den Jahren unweigerlich einen Drall in die falsche Richtung. Als sie nach England zurückkehrte, fand sie das britische Männerangebot nur noch zum Speien.

Dann doch lieber *Single* und Hausbeschließerin in einer Villa voller Studenten, Jungbankern und Individualisten.

„Herger hat sich nur zwei Tage aus den Rippen leiern lassen. Kannst du mir helfen? Ich brauche unbedingt was Neues zum Anziehen und auch was Tolles zum Ausgehen."

Ann-Susan schleppte mich nach Shoreditch, in die Brick Lane und dem Spitalfields Market. Dort fand ich atemberaubende *High-Heels* mit schrägen, durchsichtigen Absätzen und *Clutches* mit Fransen. Und afrikanischen Schmuck, der zu mir passte, als wäre ich Youssou N'Durs aktuelle Ehefrau. Und einen breiten Silberreifen mit meinen Initialen. Alles mir, alles meins. Ich flippte aus über das berauschende Angebot, nur Klamotten waren nicht dabei.

Ich hatte eine Flasche Scotch und eine Flasche Blue Saphire im *Duty Free* eingekauft. Alkohol ist im Vereinigten Königreich ähnlich teuer wie die Mieten in der Hauptstadt.

Nachdem wir die selbstgemachte Keine-Ahnung-was das-sein-sollte-*Pie* von Ann-Susan verspeist hatten, schenkte ich ihr den mitgebrachten Scotch und öffnete die Flasche Gin für uns beide. Das erste Glas schüttete ich pur in mich rein, um meinen verrenkten Magen wieder auf Vordermann zu bringen.

Ich heuchelte Interesse: „Was hast du da reingetan? Kannst du mir das Rezept verraten?"

Ann-Susan sprach von einem alten Familienrezept, das seit Generationen von Mutter zu Tochter übertragen wurde, und ich dankte dem Himmel im Nachhinein, dass Ann-Susan unverheiratet und ohne Kinder geblieben ist.

„Weißt du, auf einen Ehemann habe ich gut verzichten können", gestand sie mir, „aber Kinder, Kinder hätte ich gerne gehabt."

Oh je, Ann-Susan wurde sentimental und griff immer öfter zur Ginflasche.

„Wenn man älter wird, erkennt man, dass man der Welt noch gerne etwas hinterlassen hätte."

Ich dachte mit Grausen an das *Pie*-Rezept und leerte hastig mein Glas. Ann-Susan griff erneut zur Flasche.

„Jean-Pierre war ein toller Liebhaber, vielleicht der Beste. Oder Carlos? Carlos war auch gut gewesen. Oder, kannst du dich noch an Ludowig erinnern? Der heißblütige Ludowig aus Polen?"

Klar, konnte ich mich an Ludowig erinnern. Sehr gut sogar. Schließlich waren wir vier Jahre lang Kolleginnen und Kollege am Frankfurter Flughafen gewesen, Ann-Susan, Ludowig und ich. Und Ludowig war ein gemeinsamer Weggenosse von uns gewesen, Betonung auf gemeinsam. Aber das erzählte ich Ann-Susan besser nicht.

„Ach Linda, ich wünschte, ich wäre noch mal jung. So jung wie du, dann würde ich vieles anders machen."

Inzwischen war die Ginflasche leer und wir beim Scotch angelangt. Als auch dieser leer war, hatte mir Ann-Susan von sämtlichen Männern aus ihrem Leben erzählt. Egal, ob ich sie kannte oder auch nicht. Es wurde eine lange Nacht.

Als ich im Bett lag, fiel mir Bella ein. Ob Bella auf ihrem letzten Flug ähnliche Gedanken gehabt hatte?

Die Zeit drängte, und wir stiegen am nächsten Morgen in die Piccadilly-Line bis Covent Garden. Schnell den Koffer-Rolli ins Schließfach und ab zum *Shoppen*.

Ann-Susan trieb mich durch den östlichen Teil des West Ends, ein letzter Versuch. Aber nichts zu machen, mir gefiel nichts. Ich musste vollkommen aus der Spur gewesen sein. Vielleicht auch, weil das Angebot so riesig war. Ich probierte im Schweinsgalopp kurze Kleider, lange Kleider und Kleider, die bis zum Knöchel reichten. Aber je mehr die Zeit drängte, desto mehr geriet ich in Panik.

Die Uhr lief, und ich musste in knapp einer Stunde am Flughafen sein. Wir hechteten zum Schließfach, keuchten zur U-Bahn und waren gerade noch rechtzeitig vor Abflug meiner Maschine am *Airport*. Ich rannte zum Schalter. Uff, gerade noch geschafft!

„So sorry Linda, but we are overbooked. No chance for an upgrade, even not for a jump-seat."

Ich schaute entsetzt, flehte und bettelte. Umsonst. Ich hatte am nächsten Tag um acht Uhr Frühdienst. Herger war in solchen Dingen unerbittlich. Bei einem verspäteten Dienstantritt drohten ein Eintrag in die Personalakte und die Kürzung von Freiflügen.

Ann-Susan fragte: „Bist du schon mal in einem Frachter geflogen?"

Wie, was meinte sie damit? Ich schüttelte den Kopf und sah mich schon zwischen festgezurrten Lkw's und Gemüsekisten sitzen.

Ann-Susan telefonierte. „Es ist vielleicht etwas laut und ungewohnt, aber sie können dich auf einem *Jump-Seat* mitnehmen."

Normalerweise geht das nicht, aber einer von Ann-Susans ehemaligen *Lovern* war der Frachtleiter einer der größten Frachtlinien in London gewesen und machte das Unmögliche möglich.

Der Lärm in der Maschine war ungewohnt und die Ausstattung des *Cargo*-Fliegers für einen Passagier ebenfalls. Aber so kam ich doch noch zu meinem Dienstantritt rechtzeitig in Frankfurt an. Ann-Susan beichtete mir am nächsten Tag, dass ihr ehemaliger *Lover* noch am gleichen Abend bei ihr einfiel, um sich mein Flugticket in Naturalien auszahlen zu lassen. Wie meinte Seehofer so treffend? *Shit happens.*

Ich war fix und alle. Das ist es, was ich bei der Fliegerei so hasse. Immer diese Hektik, immer diese Ängste. So schön das ist, für wenig oder umsonst in der Weltgeschichte herumzufliegen, aber diese Unsicherheit nicht mitgenommen zu werden oder unterwegs rauszufliegen, die ist immer da. Und letztendlich bezahlen wir irgendwie immer mit irgendwas.

Ich sollte eine Gruppe Russen abholen, die mit unserer Maschine verspätet von Moskau über London ankamen und damit ihren Anschluss nach Tel Aviv verpasst hatten. Wegen uns. Die Maschine hatte ganze zwei Stunden Verspätung, irgendwas war mit der Fracht gewesen und der *Captain* hatte das *Trim-Sheet* nicht unterschreiben wollen. Noch bevor das Flugzeug in Frankfurt landete, buchte ich die Passagiere auf den erstmöglichen Flug um.

Der war am nächsten Morgen.

Dann suchte ich nach einer Hotelunterkunft. Frankfurt hatte Messe. Die IAA gehört zu den größten Messe-*Events* in der hessischen Finanzmetropole. Frankfurt und Umgebung waren wegen der Internationalen Automobilausstellung völlig ausgebucht.

Nachdem ich alle großen und kleinen Hotels abgeklappert hatte, rief ich den kirchlichen Sozialdienst am Flughafen an.

„Annelore, hast du eine Idee, wie ich für heute Nacht noch zehn Erwachsene und elf Kinder unterbringen kann?"

Ich konnte ihr Kopfschütteln formlich hören.

In der Regel kontaktiert der kirchliche Sozialdienst die Fluglinien, um gestrandeten Menschen, unabhängig von Religion und Herkunft, behilflich zu sein. Heute war es umgekehrt.

„Ich habe zwei Großfamilien mit elf Kindern an der Backe. Zwei Mal Eltern, zwei Mal Großeltern, elf Kinder, einen Junggesellen und einen Rabbi, die weder Geld noch ein Dach überm Kopf haben."

Von meiner Wiederholung wurde das Problem auch nicht kleiner.

„Wir können ihnen für eine Stunde zwei Ruheräume anbieten, dann schließen wir. Etwas zum Essen und frische Kleidung ist auch noch drin. Mehr aber leider nicht. Sorry, aber vielleicht …"

„Oh jaaa, bitte, hast du eine Idee?" Ich war vom vielen erfolglosen Telefonieren schon ganz heiser.

„Du kannst es ja mal bei der Jüdischen Gemeinde versuchen. Soll ich dir die Telefonnummer raussuchen?"

Inzwischen saßen die Russen in meinem Büro. Ein Schwall Russisch und Hebräisch prasselte auf mich nieder. Damit hatte ich ein zusätzliches Problem. Russisch kann ich auch nicht, und meine Kollegen von der El Al waren inzwischen schon alle nachhause gegangen. Und Yaron Levi war auch schon weg. Von den russischen Großeltern sprachen zwei Jiddisch. Mit Händen und Füßen versuchten wir uns verständlich zu machen, und nach einigen anfänglichen Schwierigkeiten fanden wir, in einem abenteuerlichen Kauderwelsch, eine Verständigungsmöglichkeit, die uns weiterbrachte.

„Bite helfn aundz. Ir zent a gut mentsh. Mir libe ir." Alle quetschten mir die Hand, nur der Rabbi nicht.

Ich telefonierte. Endlich hatte ich jemanden an der Strippe, der mein Problem verstand. Mein Ansprechpartner fragte: „Können Sie einundzwanzig Schlafsäcke besorgen?" Ich wusste noch nicht wie, aber ich sagte einfach Ja.

Dann besorgte ich einundzwanzig Schlafsäcke bei einem befreundeten *Colonel* von der *Army* in Wiesbaden, ein großes Bustaxi über unsere Vertragsfirma, und begleitete das Grüppchen bis in die Jüdische Gemeinde nach Frankfurt, wo jeder müde in einen grünen Militärschlafsack kroch und eine Nacht auf dem Boden der Synagoge verbrachte.

Der Rabbi gab mir noch immer nicht die Hand.

Am nächsten Morgen saßen sie wieder in meinem Büro, und ich fütterte die Meute mit trockenen Brötchen, Orangensaft und Pfefferminztee, und einer ganzen Kiste Äpfel, die ich unterwegs noch schnell einem türkischen Obsthändel abgeschwatzt hatte. Der lud gerade seine Marktware aus seinem Sprinter, hatte seinen Laden aber noch nicht geöffnet. Trotzdem verkaufte er mir seine Äpfel.

Die Kinder hatten mir aus Wiesenblumen einen Blumenstrauß gepflückt und streckten ihn mir lächelnd entgegen. Weiß der Geier, wo sie mitten in Frankfurt Wiesenblumen aufgetrieben hatten. Ich war gerührt.

Dann brachte ich die Gruppe noch zum *Gate* und bekam von jedem einen dicken Schmatzer auf die Wangen gedrückt und unzählige, unverständliche, aber eindeutig freundliche Worte mit auf den Weg.

Der Rabbi gab mir noch immer nicht die Hand.

Herger machte Terz, weil ich keinen Rechnungsbeleg für die Äpfel hatte. Dieser elende Knauser!
Bei seinen Premium-Passagieren stopft er die Eu-
ros vorne und hinten rein, aber wegen ein paar
lumpiger Äpfel machte er mir die Hölle heiß.
Vollpfosten! Also vergaß ich die Sache mit dem
Rechnungsbeleg und verbuchte die zwölf Euro als
eine gute Tat auf meinem Himmelskonto ab.

Der Schriftsteller gehörte zur Elite deutscher
Schriftsteller. International geachtet, hoch dekoriert und auch politisch engagiert. Für eine Partei,
die nicht meine ist. Aber das tat jetzt nichts zur
Sache.

Er hatte einen Flug von London nach Berlin gebucht, landete aber auf unserem Flieger von London nach Frankfurt. Das war nicht unbedingt nur
seine Schuld, obwohl, - er hatte schon am Londo-

ner Flughafen seinen Flüssigkeitshaushalt mit hochprozentigen Wässerchen kräftig ausbalanciert. Fakt aber war, dass unser Bodenpersonal in London, wie auch unser Bordpersonal im Flugzeug, vor lauter Ehrfurcht die *Boarding*-Unterlagen nicht ordnungsgemäß geprüft hatte.

Im Flieger war's dann zu spät, und ein Rausschmiss, wie auch ein Umkehren waren nicht mehr möglich. Der Dichter machte es sich in der Ersten Klasse gemütlich und probierte sich durch das Spirituosenangebot an Bord der Maschine fleißig durch.

Ich kochte ihm einen besonders starken Kaffee. Nach der dritten Tasse versuchte ich mit ihm ins Gespräch zu kommen.

„Die beiden letzten Flüge nach Berlin sind hoffnungslos ausgebucht. Ich könnte Ihnen anbieten, mit dem Zug nach Berlin zu reisen. Erste Klasse und auf Kosten unserer Fluglinie selbstverständlich."

Der Autor guckte glasig in meine Richtung. Ob der Mann mich überhaupt wahrnahm? Oder auch nur einen Hauch von mir? Es war nicht zu verstehen, was da über seine Lippen kam.

Also gut, das war also keine so gute Idee gewesen. Ich goss ihm noch einen Kaffee ein und schob die

Schokoladenkekse in seine Richtung. Dann telefonierte ich.

„Ich könnte Ihnen morgen früh einen Flug um 10.45 Uhr anbieten, Übernachtung im Hilton Frankfurt City Center, auf unsere Kosten natürlich, mit Transfer hin und zurück und Abendessen inklusive. Würde das passen?"

Es passte.

Das Taxi kam am nächsten Tag ohne den betreffen Herrn zu mir. Ich war sauer. Der Schriftsteller hatte aus dem Hotel ausgecheckt, hatte sein Taxi verpasst, hatte seinen Flug verpasst und war auch sonst unauffindbar. Irgendwann, am späten Nachmittag, rief mich sein Verlag aus Darmstadt an und teilte mir mit, dass der betreffende Herr jetzt unterwegs zum Flughafen sei und so gegen 18.00 Uhr bei mir eintreffen würde.

Ich hing wieder am Telefon.

Dann war er da. Ich holte ihn am *GWA*-Schalter ab und begleitete ihn höchst persönlich zum letzten Flieger nach Berlin. Und verließ das Flugzeug erst, als ich sicher war, dass mein Fluggast fest angeschnallt im Billigflieger XYZ in Richtung Berlin saß. Das Bordpersonal schickte mich von Bord. Mein Job war getan.

Ich war urlaubsreif, hatte aber keine Lust auf aufwändige Visaanträge, schmerzhafte Impfungen und umständliches Umsteigen an hektischen Flughäfen, mit der Option auf einen Rausschmiss unterwegs. Das riskieren wir *Stand-bys* nämlich immer.

Frau Heusel war ebenfalls auf *Stand-by*. Von der guten Seite. Stets bereit, hatte sie mir bis jetzt den Papagei immer bereitwillig abgenommen. Ich hatte mir schon öfters vorgenommen, ihr etwas von meinen vielen Reisen mitzubringen, aber es hatte bislang irgendwie nie geklappt. Mein schlechtes Gewissen hatte die Größe einer Weltumrundung auf unseren Luxusfliegern.

Ich wollte Julien überraschen und flog für mehrere Wochen zu meiner Großtante nach Washington D.C. Herger hatte mir nach meinem erfolgreichen London-Einsatz endlich Urlaub gewährt. In einem mir bislang ungewohnten Zeitumfang. Ich hatte unzählige Überstunden gemacht, und sein schlechtes Gewissen musste ähnliche Ausmaße gehabt haben, wie meins für Frau Heusels oft versprochene Mitbringsel.

Tatiana Lovitt, geborene Gerasimov, 87 Jahre alt, ist die angeheiratete Ehefrau des Vaters meines

Vaters, also meines Opas. Sie ist nicht wirklich meine Oma, nur eben angeheiratet. Meine richtige Oma starb als Spätgebärende bei ihrem einzigen Kind im Kindbett, und mein Opa brauchte dringend eine Mutter für seinen Sohn, meinen Vater. Tatiana war eine hoffnungsvolle Ballerina im Bolschoi Ballett, wo sie nach einem fulminanten Debut während einer Amerikatournee meinen Opa kennenlernte. Meine angeheiratete Oma verzichtete auf ihre Ballettkarriere, zog meinen Vater auf und wurde, als ihr Ziehsohn flügge wurde, eine gefragte Betreuerin berühmter Ballett-*Companies* weltweit. Ihre genaue Verwandtschaftsbezeichnung verirrt sich, ähnlich wie die zaristische Verbundenheit der Familie meiner was weiß ich was, schon in der zweiten Linie meiner Vorfahren. Sie bezeichnet mich gerne als ihre Lieblingsgroßnichte, was politisch inkorrekt ist, weil sie weder Nichten noch Neffen, geschweige denn Großnichten oder sonstige Familienmitglieder hat. Mein Opa ist schon lange tot und ich bin, neben meinem Vater, ihre einzige Verwandte.

Tania, wie alle Welt sie nennt, ist gelinde gesagt eine extravagante Person. Wenn ich nicht ganz genau wüsste, dass wir nicht blutsverwandt sind, könnte man sagen, dass wir ein paar gravierende Ähnlichkeiten haben. Wir lieben den Trubel, stehen gerne im Rampenlicht, sind beide wissbegierig, ehrgeizig und dickköpfig. Und ziemlich kreativ. Eine brisante Mischung.

Tania wohnt in einem englischen Herrenhaus im Tudor-Stil, in unmittelbarer Nähe des Weißen Hauses, und der derzeitige Präsident, wie auch die Präsidenten vor ihm und wahrscheinlich auch alle nach ihm, möchten gerne dieses Anwesen kaufen. Denn das Haus stört. Stört das Sicherheitsumfeld der Regierungsgebäude. Nur - Tatiana Gerasimov, verwitwete Lovitt, will partout nicht verkaufen.

Ich liebe dieses alte, verschnörkelte Haus mit seinen Säulen, seinen Veranden und dem großen, wild eingewachsenen Gelände. Das Haus meines Opas. Tania beschäftigt einen Gärtner und einen Hilfsgärtner, der gleichzeitig ihr Chauffeur ist, eine Köchin, eine Haushälterin und ein paar wechselnde Kräfte fürs Grobe. Es geht ihr, finanziell gesehen, nicht schlecht.

Darja Sokolow, ihre Haushälterin, begleitete Tania von der Oktoberrevolution bis in die frühen Jahre ihrer Karriere, und auch noch später in das Haus meines Opas. Beide leiden inzwischen an einer schmerzhaften Gicht und beide freuten sich, mich wiederzusehen.

In den Vereinigten Staaten von Amerika herrschte gerade eine gewisse Unruhe. Der gegenwärtige Präsident wechselt seine Minister und Berater wie andere Leute ihre Hemden und so einfache Gemüter wie ich, haben dafür überhaupt kein Verständnis. Ich verstehe die amerikanische Politik und ihr kompliziertes Wahlsystem sowieso nicht, auch nicht die Zusammensetzung der *American Administration*. Ich weiß nur, dass demnächst wieder Wahlen sind, und ich den amtierenden Präsidenten auf keinen Fall wählen würde.

Das könnte ich nämlich.

Mein amerikanischer Vater versucht mir seit Jahren das amerikanische Volk, samt seiner politischen Besonderheiten, näherzubringen. Meine deutsche Mutter hält davon nicht viel und wirkt entsprechend dagegen. Und ich interessiere mich nicht die Bohne für Politik, egal welche Partei, egal welches Land. Und seit diese Witzfigur von Präsident an der Spitze der Vereinigten Staaten steht und seinen Stab fast wöchentlich auswechselt, habe ich gänzlich mit der amerikanischen Politik abgeschlossen. Trotz doppelter Staatsangehörigkeit.

Tania schleppte mich durch die *American High Society*. Meine Großtante ist noch immer eine bekannte und einflussreiche Persönlichkeit, deren Familie es irgendwie schaffte, ihr Vermögen nach der Ermordung des Zaren aus Russland zu retten.

Das erlaubt ihr auch nach dem Tod meines Groß-
vaters noch ein bequemes Leben.

Wir waren eingeladen. Zu irgendeinem politischen
Empfang. Tania hat auch da ihre Finger drin, trotz
oder auch wegen ihres hohen Alters. Und natürlich
auch wegen ihres Geldes. Sie sponsert seit Jahren,
wenn nicht gar Jahrzehnten, so manchem ihrer
Lieblingspolitiker die Wahlkämpfe.

Das beerenrote Puffärmelkleid war wieder einmal
gefragt.

Fassungslos stand ich vor dem dunkelhaarigen,
charismatischen Mann samt Ehegattin, der von
allen Seiten fotografiert wurde. Präzise gesagt,
Julien Trevor Trevelyan war ein hoffnungsvoller
Senator und der von meiner Großtante zurzeit fa-
vorisierte Kandidat einer neu zu wählenden Regierung.

Das hatte mir niemand gesagt.

Ich zwickte mich auf der Rückfahrt im Auto
mehrmals in den Arm. Ich konnte es kaum glauben: ich hatte mit einem echten Senator geschlafen! Also mal ehrlich, das macht die Sache auch
nicht einfacher, oder? Meine einzige Entschuldigung war, dass amerikanische Senatoren in
Deutschland nicht so bekannt sind. Ich hatte wirk-

lich keine Ahnung, dass ich … egal, Schwamm
drüber.

Tania goss sich einen Scotch mit Ginger Beer ein.
Ein einsamer Eiswürfel klirrte in ihrem Glas.
„Willst du auch einen?" Ich schüttelte den Kopf.
Scotch mit Ginger Beer schmeckt für mich wie
verdünnter Cognac. Einfach ekelhaft. Aber diese
Mischung war das absolute Lieblingsgetränk meiner Großtante seit Ende ihrer tänzerischen Karriere. Inzwischen verzeihe ich ihren schlechten Geschmack mit ihrem hohen Alter.

Sie blickte in meine Richtung: „Du kannst mir
nichts vormachen. Du hast ihn schon früher einmal
gesehen." Sie schaute mich leise lächelnd an. Dann
wurden ihre Augen schmal. „Nein, sag nicht, dass
du schon mit ihm geschlafen hast." Ich senkte den
Kopf und gab keinen Laut von mir. Nach einer
kurzen Pause meinte sie streng: „Du hast mit ihm
geschlafen, stimmt's?"

Ich hätte meine Großtante nicht für so prüde gehalten.

„Meine Güte, du hast aber auch gar nichts verstanden. Was hat dir dein Vater eigentlich beigebracht? In Kürze sind in Amerika Präsidentenwahlen und, so Gott will, wird diese Regierung abgelöst und Julien Trevor Trevelyan in die Spitze der neuen *Administration* gewählt."

Jetzt griff ich doch zu dem Glas meiner Großtante. Ich war am Boden zerstört. Mir knallten ein paar unangenehme Tatsachen ins Gesicht. Nicht nur, dass Juliens Frau eine attraktive, kühle Schönheit und Julien Senator war. Nein, Julien plante eine Karriere in die alleroberste Liga der Vereinigten Staaten. Halleluja.

Wie sollte so etwas gutgehen? Was hatte das für eine Zukunft?

Als ich mit meiner Großtante nach dem Empfang in unsere Mäntel schlüpfte, überbrachte mir ein Dienstmädchen einen verschlossenen Umschlag. Julien schrieb mir, dass er mich unbedingt wiedersehen will. Wiedersehen muss. Ich war völlig verwirrt.

„Du magst ihn, stimmt's?" Sie schaute mir in die Augen. „Ach du lieber Himmel, du liebst ihn doch nicht etwa?"

Ich schüttelte den Kopf. „Ich weiß es nicht. Ich bin so durcheinander. Ich kann das alles noch gar nicht fassen."

Tania griff nach meiner Hand. „Jetzt hör mir mal zu, Liebes. Du hast mit einem Senator geschlafen, der ehrgeizig genug ist, zukünftiger Präsident der Vereinigten Staaten von Amerika zu werden, und das ist die aussichtsloseste Sache der Welt. Jedenfalls für dich."

Wusste ich doch, da musste sie nicht auch noch in der Wunde bohren.

Sie drückte meine Hand, streichelte sie. „Jetzt hör gut zu, Liebes. Julien wird sich in seiner Position niemals scheiden lassen, verstehst du? So ist das nun mal. Du musst dir klarmachen, dass du diesen Mann niemals für dich haben kannst. Aber…", sie machte eine kleine Pause, „wenn du damit klarkommst, dass dies für dich die aufregendste Sache der Welt sein könnte, wenn auch nur für kurze Zeit, dann lass es laufen. Genieße es, genieße es in vollen Zügen."

Sie griff nach der anderen Hand. "Eines musst du aber wissen: es sind immer wir Frauen, die bezahlen." Sie füllte zwei Gläser mit diesem unsäglichen Cognac-Ersatzgepansche und zog mich in die tiefen Kissen ihrer Couch.

Dann begann sie zu erzählen: „Ich war erst siebzehn und ganz am Anfang meiner Karriere." Sie nippte an ihrem Glas. „Ich lernte deinen Großvater auf meiner ersten und einzigen Welttournee kennen. Meine Ehe mit deinem Opa war eine reine Vernunftehe, eine Zweckehe. Aber sie war in gewisser Weise auch eine gute Ehe, getragen von gegenseitigem Verständnis und Respekt. Ich zog seinen Sohn groß und wurde durch die Heirat mit ihm ein Teil der amerikanischen Gesellschaft. Eine amerikanische Bürgerin, verstehst du, frei von Verfolgungen, von russischen Repressalien. Nur - dein Opa war für mich ein alter Mann. Juliens Großvater, Godrick Dean Trevelyan aber war in der Blüte seiner Jahre, intelligent und gut aussehend. Und er war ein aufstrebender Stern in der amerikanischen Politik. Er war der charmanteste Mann auf Gottes Erdboden, aber leider auch verheiratet. Und ja, ich hatte ein Verhältnis mit ihm. Godrick und ich, wir hatten ein aufregendes, zutiefst befriedigendes, aber auch sehr diskretes Verhältnis bis zu seinem frühen Tod. Und wenn du auch nur irgendeinem davon erzählst, bestreite ich einfach alles und enterbe dich."

Ich starrte ungläubig auf meine Großtante, Ersatzoma, oder was immer diese alte Dame in meinem Stammbaum war.

Sie fuhr fort: „Du wirst eine Entscheidung treffen müssen. Und wenn du dich für Julien entscheidest, helfe ich dir."

Ich genoss die Zeit mit Julien. Mir war klar, dass unser Verhältnis ein außergewöhnliches Geschenk war. Und dass ich in wenigen Wochen wieder nach Deutschland zurückfliegen musste, war banale Realität. Ich wusste, dass ich irgendwann wieder zurück in mein altes Leben musste.

Eine aussichtslose Situation, ein Abenteuer, indes nicht ohne Reiz.

Seine Ehefrau war nicht das Problem. Obwohl, die wäre wohl kaum damit einverstanden gewesen, wenn sie von dem Seitensprung ihres Gatten erfahren hätte. Ein amerikanischer Politiker lässt sich nicht einfach so scheiden und darf auch kein Verhältnis haben, jedenfalls nicht dabei erwischt werden. Calleigh Trevelyan war indes eine vielbeschäftigte Frau, die in ihrer Funktion als Vorstandsvorsitzende einer bedeutenden Stiftung völlig aufging und damit Julien gewisse Freiräume schaffte.

Die härteste Nuss aber waren seine Bodyguards. Diese finster blickenden Muskelmänner standen ständig um ihn herum, jedenfalls zu allen öffentlichen Anlässen. Sie waren darauf trainiert, für Julien ihr Leben zu lassen. Auch in seinem privaten Leben saßen sie vor seinem Haus, vor seiner Dienstwohnung und braussten sofort hinter ihm her, sobald er in seinen Wagen stieg. Und auch sein Chauffeur konnte nicht nur Autofahren.

Julien war ganz verrückt nach mir und wollte mich ständig sehen. Dies kollidierte oft mit seinen vielfältigen Verpflichtungen und seinen Wachhunden. Mein Leben wurde durch Julien fremdgesteuert, und ich richtete mich nach dem von ihm vorgegebenen Zeitplan. Das anstrengende Versteckspiel begann. Wir mussten uns etwas einfallen lassen, und meine Großtante mischte kräftig mit.

In seinem Wahlkreis tobte der Wahlkampf. Und nicht nur da. Wir telefonierten täglich. Ich reiste ihm hinterher, und wir trafen uns heimlich. In Apartments von Freunden oder, ganz profan, in versteckten Motels. Aber der Freundeskreis für heimliche Treffpunkte war relativ klein, die Wohnungen nicht immer vakant und Juliens Bekanntheitsgrad immer höher.

Die täglichen Telefonate bestimmten meinen Tagesablauf. Ich wartete auf Abruf auf ihn, manchmal bis spät in die Nacht.

Julien sollte eine *Boat-Show* eröffnen und ermöglichte mir irgendwie, dass ich eine Einladung bekam. Das Gelände war weiträumig abgesperrt, nur
die Medien und geladene Gäste hatten Zutritt.

Er sollte eine Rede halten und war zu der Schiffsmesse passend angezogen. Er machte eine ausgesprochen gute Figur in seinen langen, weißen Hosen, dem dunkelblauen Leinenjackett mit passendem Einstecktuch im hellblauen Hemd. Dazu wei
ße Kalbslederslipper. Sehr flott und sportlich eben.

Julien schaffte es, sich aus ein paar Gesprächen
auszuklinken und fing mich am ausgemachten
Treffpunkt ab. Er zog mich auf das Deck einer
schnittigen Yacht, die schneeweiß glänzend, mit
Mahagoniausstattung und beigen Lederliegen auf
dem oberen Deck, nur so vor Wohlstand strotzte.

Er flüsterte: „Ich habe noch etwas Zeit bis zur Eröffnungsrede. Komm ins Beiboot, wir machen einen Quickie. Ein bisschen Sex ist besser als keiner."

Sieh mal einer an: Der konservative Herr Senator wollte einen Quickie mit mir in aller Öffentlichkeit wagen. Wir hatten uns seit ein paar Tagen nicht gesehen, und bei ihm musste der sexuelle Notstand ausgebrochen sein. Törnte ihn mein Anblick dermaßen an, dass er so auf Risiko spielte? Oder reizte ihn das Abenteuer, die Gefahr? Ich wurde aus dem Mann nicht klug.

Er zog mich zu dem Beiboot und schubste mich unter die Plane. Das Ding hatte fünf feste Sitze und war ziemlich eng. Julien zog die Slipper aus und kroch mir nach. Er schob die Hosen runter und ich setzte mich auf ihn. Dann stemmte er den Rücken gegen die Bootswand, und ich drückte meine Füße dagegen. Wir schauten uns tief in die Augen.

Wie lange darf so ein Quickie dauern? Darüber gibt es unterschiedliche Meinungen. Die übliche Verweildauer wird auf drei bis sieben Minuten geschätzt. Julien brauchte nicht länger, als ein weich gekochtes Frühstücksei benötigt.

Von draußen kamen laute Stimmen. „Himmeldonnerwetternocheins, welcher Idiot hat hier seine

Schuhe vergessen? Gib mal die Mülltüte rüber."
Füße scharrten, dann war wieder Ruhe.

Julien linste vorsichtig durch die Plane. „Sie sind
weg. Einfach weg." Er meinte nicht die Männer
vom Wachdienst. Er zerrte noch am Verschluss
seiner Hose und schnaubte wütend in meine Richtung: „Verdammt, die Typen haben meine Schuhe
mitgenommen, und in zwei Minuten muss ich vor
dem Mikrofon stehen. Was mache ich denn jetzt?"

Ich überlegte nicht lange. „Zieh die Socken aus."

Julien starrte mich an, als wenn ich ihn aufgefor-
dert hätte, nackt die National Mall rauf und runter
zu flanieren. „Das ist nicht dein Ernst, oder?"

„Doch, zieh die Socken aus, steck sie und dein
Einstecktuch in die Hosentasche und halte deine
Eröffnungsrede barfuß. Das ist die einzige Mög-
lichkeit aus dieser Nummer rauszukommen." Ich
musste innerlich wegen der Doppeldeutung von
Nummer grinsen.

Während er mich noch immer perplex anstarrte,
riss er sich das Einstecktuch vom Hals und steckte
die Socken in die Hosentaschen. „Auf deine Ver-
antwortung.", dann stürmte er davon.

Sein Assistent kam ihm auf halben Weg entgegen-
gerannt. „Wo, um Himmels Willen, haben Sie ge-

steckt, Senator? NBC und die lokalen Radiosender warten schon."

In den Medien lobte man Juliens sprühende Rede über den beliebten Yachtsport im Allgemeinen und die ausgestellten Yachten im Besonderen. Dieser moderne Politiker überraschte mit seinem unkonventionellen Auftritt und versprach einen vielversprechend jugendlichen Führungsstil.

Juliens Gesicht flimmerte immer öfter über die Bildschirme, heimliche Treffen waren inzwischen fast unmöglich geworden.

„Und damit bedanke ich mich für die großzügige Unterstützung unserer Sponsorin, Mrs. Tatiana Lovitt. Verehrte gnädige Frau, darf ich Sie auf die Bühne bitten, um ein paar Worte zu sagen."

So oder so ähnlich begann Tania unter dem Deckmäntelchen ihrer Wahlkampffinanzierung die Treffen zwischen Julien und mir zu arrangieren. Bald fand Julien immer öfter einen Anlass, zu ihr in die Villa zu kommen. Und während wir im Bett lagen, schaute Tania in ihrem großen Heimkino sentimentale, russische Liebesfilme an.

Die Bombe platzte kurz vor meiner Abreise. Ausgerechnet Jason, Juliens Bodyguard mit der längsten Dienstzeit, versuchte sein Wissen an die Presse zu verkaufen.

Die Kacke war am Dampfen - eine ganze Kläranlage voll.

Der amerikanische Blätterwald rauschte gewaltig. Auf der einen Seite wurden die dreisten Vermutungen des Bodyguards von der Journaille genüsslich aufgesaugt, auf der anderen Seite dementierte meine alte Großtante, dass dies alles erfundener Humbug sei.

Mrs. Calleigh Trevelyan kam nach Washington und hatte ein langes Gespräch mit ihrem Ehemann. Das Ehepaar zeigte sich verstärkt in der Öffentlichkeit. Tania hatte ein langes Gespräch mit mir, und ich packte meine Koffer.

Die Eisentür quietschte leise. Ich hätte sie gar nicht erst öffnen brauchen; die Friedhofsmauer war zusammengestürzt und hatte große Löcher in die ehemalige Umfriedung gerissen. Direkt neben der quietschenden Eisentür klaffte eine große Lücke. Die hellen Bruchsteine kollerten nach innen und nach außen auf die ungepflegten, mit trocken Grasbüscheln übersäten Wege.

Die stark geschminkte Empfangsdame im Hotel hatte mich misstrauisch angesehen, als ich nach dem alten Friedhof fragte. Sie schaute mich nicht an, ihre harten, dunklen Augen huschten an mir vorbei. „Was wollen Sie dort? Da gibt es nichts mehr zu sehen. Den gibt es nicht mehr."

Ich blieb hartnäckig und verlangte nach einem Stadtplan. Sie kramte ein Exemplar unter dem Tresen hervor und übergab mir den mit bunter Werbung bedruckten Flyer. Sie hielt plötzlich inne, schaute mir mit diesem antrainierten, professionellen Blick in die Augen und schlug die Karte auf. Mit einem Kuli kennzeichnete sie zwei Stellen. „Das Hotel befindet sich hier." Sie klopfte auf die Markierung mitten im Städtchen und fuhr mit dem Kuli weiter aus dem Ort zu einer Grünfläche mit einem Kreuz. „Das ist der städtische Friedhof und daneben", sie klopfte wieder, diesmal auf eine helle, freie Stelle, „hier ist das, was Sie suchen." Keine Ahnung, warum sie plötzlich ihre Gesinnung geändert hatte und mir den markierten Stadtplan reichte.

Neben dem christlichen Friedhof lag ödes Brachland. Bäume, Gestrüpp und Steine wohin man blickte. Ein schnurgerader Weg führte direkt zu dem Mausoleum am Ende des Friedhofs. Rechts und links standen noch ein paar Grabsteine. Die meisten waren umgekippt und wurden durch hohe Grasbüschel und dornige Hecken versteckt. Nur der breite Kiesweg zu der großen Familiengruft war sauber von Unkraut befreit. Die Gruft aber war in sich zusammengefallen, und eine riesige Linde überschattete die Trümmer. Nichts deutete mehr auf die Geschichte einer einst bekannten und geachteten Familiendynastie hin.

Jahrelang hatte meine Mutter sich darum bemüht, mich davon zu überzeugen, dass ich wenigstens einmal in meinem Leben die Heimat meiner mütterlichen Vorfahren besuchen sollte.

„Dein Vater ist Amerikaner, du arbeitest für eine amerikanische Fluggesellschaft, und du warst, ich weiß nicht wie oft, in den Vereinigten Staaten, aber du warst noch kein einziges Mal in Tschechien." Meine Mutter war bei diesem Thema anfangs aufgebracht, später nur noch traurig. Irgendwann gab sie auf.

Ich hatte einfach keinen Bock auf Holocaust und langatmige Gespräche über Gräuel und Ungerechtigkeiten aus dem Dritten Reich. Ich war zu jung, zu modern, zu *cosmopolitan*. Ich gehörte keiner Religion an, war nicht getauft und hatte nur ein einziges Mal in meinem Leben eine Synagoge besucht. In Frankfurt am Main, mit zehn Erwachsenen und elf Kindern an der Backe.

Erst die schmerzliche Trennung von Julien, die Aussichtslosigkeit dieser leidenschaftlichen Affäre und die Erkenntnis über die Sinnlosigkeit meines nichtigen Herumtaumelns in hohlen Männerbekanntschaften, hatte mir meine Einsamkeit, meine Endlichkeit vor Augen gehalten. Ich hatte noch drei Tage Urlaub und war direkt von Washington nach Prag geflogen. Am *Airport* hatte ich mir einen kleinen Mietwagen genommen und war nach Franzensbad gefahren, der Heimat meiner Ahnen.

Ich setzte mich auf einen Steinbrocken und betrachtete mein ehemaliges Familiengrab. Hier waren viele meiner Vorfahren begraben. Meine Mutter stammte aus einer gutbürgerlichen Familie, die seit Jahrhunderten Glashütten betrieben hatte. Sie waren angesehene Kaufmannsleute gewesen; klug, mit einem sicheren Instinkt fürs Geschäft.

Meine Urgroßmutter war das einzige Kind ihrer Generation und musste ein wahres Talent an Geschäftstüchtigkeit gewesen sein. Ihr Lebensweg und ihr Lebenswerk waren in diesen Jahren außergewöhnlich für eine Frau. Sie bekam eine Tochter, aber heiratete nie. Sie hatte innovative Ideen und eine gehörige Portion Selbstbewusstsein, was sie in diesen Zeiten auch brauchte, um sich in der Männerwelt durchzusetzen. Und sie hatte Erfolg, gab den Menschen in und um Franzensbad Lohn und Brot bis in das Jahr 1939. In den Wirren der Nazizeit wurde die Familie erst enteignet, danach verschleppt, und nur ein blutjunges Mädchen überlebte, das man in einem Heuboden auf dem Land versteckt hatte. Gutmütige Verwandte holten das Mädchen in das Nachkriegsdeutschland. Meine Czerny-Oma. Auch sie bekam ein Mädchen und heirate nie. Dieses Mädchen war meine Mutter.

Eine Echse huschte über einen sonnenbeschienen, flachen Stein. Ich kratzte das Moos weg und sah zum ersten Mal den Familiennamen meiner Mutter in hebräischen Lettern auf einem Grabstein. Ich schaute hoch in die mächtige Linde. Sie hatte überlebt, hatte überdauert. Der Baum der Liebe. Und erst jetzt begriff ich, warum meine Mutter mir den Namen Linda gegeben hatte.

Ich stand langsam auf, suchte einen Kieselstein auf dem breiten Hauptweg und legte ihn auf den flachen Stein mit den Czerny-Lettern. Es war ein Lebewohl für immer. Ich war mir sicher, dass ich nie wieder zu diesem verlassenen Friedhof meiner Ahnen zurückkehren würde.

Eines hatte ich noch zu erledigen. Ich buchte eine Führung durch eine der Glashütten meiner Vorfahren. Der Fremdenführer platzte fast vor Stolz, als er seine kleine Gruppe, meist Tschechen und ein paar wenige Deutsche aus der ehemaligen DDR, durch die Glashütte führte. Er erklärte uns in Tschechisch und Englisch alle Abläufe der Glasmanufaktur. Kein Wort zu den Enteignungen, zu den Umständen der Übernahme, zu den Wirren des Krieges. Zum Schluss konnten wir durch ein immenses Panoramafenster beobachten, wie kostbare Vasen und Gläser in Reinweiß und den typisch bunten Farben der böhmischen Glasmanufaktur entstanden. Ich kaufte einen handtellergroßen, üppig geschliffenen Blumenkorb aus farblosem Glas, in dem ich mir ein paar selbstgepflückte, wild wachsende Veilchen gut vorstellen konnte. Das sollte genügen. Mehr wollte ich aus der Vergangenheit nicht mitnehmen. Ich hatte abgeschlossen, ich wollte Frieden. Mit mir, mit der Vergangenheit und mit einer Zeit, die nicht meine war.

Meine clevere Großtante hatte inzwischen eine offizielle Presseerklärung abgegeben: Sie habe mit

Julien Trevor Trevelyan in diffizilen Verkaufsver-
handlungen gestanden. Bei diesem langwierigen
Prozess habe es sich um ein bekanntes Thema ge-
handelt, nämlich dem Verkauf ihrer geliebten Villa
an die *Administration* der Vereinigten Staaten. Sie
habe lange, sehr lange gezögert, das Vermächtnis
ihres verstorbenen Mannes zu veräußern. Nun sei
sie aber in ihren späten Jahren doch zu der Einsicht
gekommen, dass es an der Zeit war, ihre Villa dem
Volk, vertreten durch einen hoffnungsvollen neuen
Präsidenten, zu überlassen Und dass diese anstrengenden Unterredungen in ihrer Villa stattgefunden
haben, hätte man ihr, einer alten, gebrechlichen
Dame, schließlich nicht verwehren können. Und
ja, ihre Großnichte habe sie in diesen schwierigen
Verhandlungen begleitet und unterstützt.

Jason stand mit seinen Enthüllungsversuchen
ziemlich blöd da und musste sich öffentlich ent-
schuldigen. Seinen Job war er los.

Tania mietete sich für den Rest ihres Lebens im
Herzen von Washington D.C., nur wenige Minuten
von den historischen Sehenswürdigkeiten entfernt,
in die oberste Etage eines bekannten Luxushotels
ein.

Einige Monate später schrieb sie mir in einem
herzlichen Brief, dass sie schon lange mit dem
Verkauf geliebäugelt hätte, ihre Entscheidung aber

erst durch mich vorangegangen und damit das Anwesen - jetzt nach den Wahlen - endlich auch in die richtigen Hände gefallen sei. Dafür sei sie mir auf ewig dankbar.

Das Telefon klingelte und riss mich aus meinem wohlverdienten Schlaf. Ich hatte frei, dienstfrei. Also was sollte der Scheiß? Sämtliche Freunde wissen, dass ich grundsätzlich vor 10.00 Uhr nicht gestört werden will, nur mein Arbeitgeber hatte das Privileg mich zu behelligen.

Ein schweres Atmen klang durch den Hörer. „Hallo? Ist da wer? Hallo, wer spricht da? So melden Sie sich doch!" Nichts, nur wieder dieses Atmen, diese Stille, dieses Abwarten. Dann legte die andere Seite wieder auf.

Das war schon der sechste, oder vielleicht auch der siebte Anruf in den letzten Wochen gewesen. Jedes Mal hatte ich auf eine Nachricht von Julien gehofft, hatte mein Herz geklopft, fast ausgesetzt, und dann diese Enttäuschung, dieser Frust.

Vielleicht sollte ich langsam kapieren, dass Julien Trevor Trevelyan inzwischen wichtigere Dinge zu tun hatte, als mich anzurufen.

Herger schickte mich nach San Francisco. Die Stadt gehört mit zu meinen Lieblingsmetropolen. Aber der Anflug ist nicht ohne. Die hügelige Stadt im Norden Kaliforniens liegt an der Spitze einer Halbinsel, zwischen dem Pazifik und der Bucht von San Francisco. Mit mehr als 1.200 Starts und Landungen pro Tag gehört der Flughafen zu den *Hot Spots* Nordamerikas. Der Flugverkehr wird auf je zwei parallel angeordneten Pisten abgewickelt, und leider werden diese Pisten ab und zu von den Piloten verwechselt. Die Ursache ist fast immer menschliches Versagen.

Ein Passagier hatte auf unserem Flug von Honolulu nach San Francisco fast eine Katastrophe ausgelöst. Der unglückliche Verursacher war ein Mann, dem sein *Tablet* in der *Business Class* in einen Spalt zwischen die Sitze gerutscht war. Er versuchte den Mini-Computer wieder herauszufischen und verstellte dabei den Sitz. Die elektronische Sitzverstellung begann sich zu bewegen und traf auf den Lithium-Akku des *Tablets*. Das ging in Flammen auf und versetzte einige Passagiere gehörig in Panik. Der Zwischenfall veranlasste die Piloten fast zu einer Notlandung, doch das Feuer konnte schnell unter Kontrolle gebracht werden. Etliche Passagiere waren *„not amused"*, und Amis klagen gerne auch mal wegen seelischer Grausamkeit. Und das war bei dem Tablet-Zwischenfall der Grund für einige Beschwerden.

Wie gesagt, die Katastrophen sind bei uns meist nur Beinahekatastrophen, aber die Nachwirkungen dieser Unglücksfälle sind die zyklopische Fülle meiner beruflichen Existenz.

Nach ein paar unerquicklichen Telefonaten und einem unbefriedigenden Schriftverkehr mit den Beratern und Rechtsanwälten einiger namhafter Versicherungsgesellschaften in *Frisco,* flog ich mit meinem neuen Rechtsanwaltskollegen Knut Willemsen in die Stadt am Stillen Ozean.

Wir nahmen ein Taxi und fuhren an der Transamerica Pyramide vorbei in Richtung Fisherman's Wharf. Nicht wegen der berühmten Konservenfabrik oder des in unmittelbarer Nähe liegenden alten chinesischen Viertels. Nein - mich zog es in die Crab Station auf der Taylor Street, wo man Hummer in großzügigen Mengen auf einem Sandwich für einen vernünftigen Preis mitnehmen und auf einer der vielen Bänke verzehren konnte. Mit einem grandiosen Ausblick auf die Bucht, die Segelschiffe und auf die Golden Gate Bridge, zuweilen noch im leichten Nebel versunken.

Knut Willemsen war das erste Mal in San Francisco und aß auch das erste Mal in seinem Leben Hummer. Er war von dem zartrosa Fleisch mit verschieden Saucen total begeistert und vertilgte Unmengen der ungewohnten Delikatesse innerhalb kürzester Zeit. Hummer satt. Auf dem Rückweg wurde er ziemlich wortkarg, und im Taxi übergab er sich in meinen Schoß. Ich änderte kurzerhand unsere Pläne und bat den *Taxi-Driver*, uns in das nächste Krankenhaus zu bringen.

Knut hatte einen Eiweiß-Schock.

Das California Pacific Medical Center empfing uns mit turbulenter Hektik und tosendem Lärm. Die Notaufnahme war ein Hexenkessel, der mit blutenden, stöhnenden, teilweise betrunkenen und randalierenden Kranken wie ein Müllhaufen stank. Mein vollgekotzter Rock fiel gar nicht auf.

Knuts Anliegen verlor sich in diesem lärmenden Tohuwabohu und kein Mensch hatte die Absicht, sich um diesen nicht blutenden, nicht stöhnenden, nicht betrunkenen und auch nicht randalierenden Patienten zu kümmern. Ich musste erst meinen alten Pfadfindertrick anwenden, um das Krankenhauspersonal aufzumischen.

Erst als Knut mit einer Infusion am Arm versorgt in seinem Krankenbett lag, kam mir der Gedanke, die Versicherungsgesellschaft anzurufen, mit der wir nach der Mittagspause einen Termin gehabt hätten. An dem angebissenen Ton der Sekretärin konnte ich mir gut vorstellen, wie die Herren in ihrem feinen Zwirn, mit goldenen Kugelschreibern bewaffnet, immer ungeduldiger auf uns gewartet hatten. Aber ohne den rechtlichen Beistand von Knut Willemsen konnten sie, wie auch ich, jeden weiteren Termin erst einmal vergessen.

Ich besuchte Knut im Medical Center. „Wie geht es dir? Fühlst du dich schon besser?" Knut wusste, warum ich fragte, er war ja nicht blöd.

„Die lassen mich frühestens in drei Tagen wieder raus. Der Doc meinte, da müsse erst die Möglichkeit einer Hepatitisinfektion abgeklärt werden."

Ich stöhnte innerlich auf. Ohne Knut konnte ich nicht mit diesen Versicherungsleuten verhandeln; ich kannte mich im amerikanischen Recht nicht so gut aus, und die Amis haben manchmal seltsame Vorstellungen in der Auslegung ihrer Rechtsprechung. Und für drei Tage nach Frankfurt hin- und wieder zurückzufliegen war auch keine gute Idee.

„Sag mal, was hast du eigentlich gemacht, dass die sich in der Notaufnahme so schnell um mich gekümmert haben? Ich war ja teilweise schon etwas weggetreten und habe fast nichts mitgekriegt."

Ich zog grinsend eine Trillerpfeife aus meiner Tasche. „Das Ding hat mir schon in vielen Lebenslagen geholfen."

Die digitale Werbung sprang mich geradezu an. An dem Hochhaus floss die Ankündigung einer Modenschau des europäischen Mode-Zaren Arvid Fergusson über die gläserne Fassade. Ich überlegte angestrengt: wo Arvid Fergusson war, konnte auch Olaf nicht weit sein.

Unmöglich, noch Karten für die Modenschau zu bekommen. Ich tippte auf meinem *iPhone* rum. Ich kramte in meiner Handtasche. Irgendwo hatte ich doch noch so ein altmodisches Ding, das sich *Organizer* nannte. Im Zeitalter von *Computer, Smartphone* und *Co.* hat man so was eigentlich nicht mehr nötig, aber ich hatte noch so ein Ding, das den Namen *Filofax* trug. Und da stand sie, die Uralthandynummer von Olaf. Und die funktionierte noch immer.

„Wer ist da? Können Sie Ihren Namen bitte wiederholen?" Olaf erinnerte sich, nachdem ich laut und deutlich „Linda Lovitt" in das *Cellphone* gebrüllt hatte. „Linda, Süße, wo bist du? Wie geht es dir? Was machst du gerade?" Ich erklärte es ihm. „Natürlich bist du eingeladen. Ich gebe Bescheid, du brauchst am Eingang nur deinen Namen nennen. Ich freue mich auf dich, baba!"

„Baba"? Was war denn das für ein Blödsinn?

Olaf freute sich sichtbar, mich wiederzusehen und quetschte mich an seine durchtrainierte Brust: „Linda, meine Süße, meine liebste, meine allerbeste Ex …", der Begleiter von Olaf guckte giftig, das musste sein Neuer sein, „… meine allerbeste Ex-Kollegin! Dass ich dich hier treffe, hätte ich mir in meinen kühnsten Träumen nicht vorgestellt." Olaf schwirrte um mich herum, beguckte mich von oben bis unten und meinte: „Sag mal, das kenne ich doch. Das ist doch…, oder? Meine Güte, das ist ja schon Jahrtausende her. Das müssen wir ändern, schnellstens ändern."

Olaf meinte mein Kleid und übertrieb maßlos.

Doch ja, er hatte irgendwie Recht; das Puffärmelkleid war vollständig im Eimer. Ich hatte noch immer keine Zeit gefunden, einen Ersatz zu beschaffen, und die ständige Zerrerei über meine nackten, nach den Anstrengungen total verschwitzten Körperteile, hatte dem Stoff ziemlich zugesetzt. Außerdem dehnten sich die Nähte gefährlich. Es gab ein paar unangenehme Geräusche.

Dann stellte er mir seinen neuen Freund vor. „Das ist Hermann. Hermann stammt aus Wien und wir sind verlobt. Wir werden heiraten." Hermann atmete auf, das drohende Misstrauen hatte sich zu seiner Zufriedenheit aufgelöst. Olaf war zu meiner Zeit Bi gewesen. Nicht, dass ich je etwas mit ihm gehabt hätte, aber die amourösen Abenteuer von Olaf waren ständiger Gesprächsstoff in unserer Fluggesellschaft, wie auch am gesamten Airport, gewesen. Der schöne Olaf hatte reihenweise die Jungs und Mädels aufgemischt.

Nun war er also in festen Händen.

Arvid Fergusson begrüßte mich wie eine alte Vertraute. „Linda, wie schön, Sie zu sehen." Seine Augen glitten über meinen Körper. Nööö, bitte nicht der auch noch.

Wie konnte es anders sein. Die Modenschau war ein voller Erfolg und die anschließende *After-Show-Party* auch.

Dazwischen, also zwischen der Modenschau und der Party, schleppten mich der Mode-Zar und sein Top-Model in einen Seitenraum. Ich probierte Dutzende Designer-Klamotten an und ächzte: „Das passt nicht, selbst wenn ich alle Knöpfe auflasse." Ausziehen, Neues überstreifen. Ich quiekte: „Aua, der Reisverschluss klemmt. Das passt auch nicht." Wie denn auch? Die Models haben Größe 34 oder noch weniger. Mein linker Busen passte allenfalls in den Satin-Kilt mit dem schwarz- und silbergrauen Tartanmuster, der zu einer Art tief ausgeschnittener Smokingjacke mit langem Rock gehörte.

Arvid Fergusson betrachtete verzweifelt meine Figur. Gefühlte Größe unbekannt war er nicht gewohnt. Olaf verschwand und rollte einen Kleiderständer in den Raum.

„Ah, dass ich nicht gleich daran gedacht habe." Fergusson strahlte mich an. „Das sind die Prêt-à-Porter Modelle, da müsste was passen."

Die beiden entschieden sich letztendlich für den langen Tartan-Kilt aus Satin mit passender Smokingjacke. Die beiden Teile passten wie angegossen. Trotzdem erklärte man mir, dass man darunter auch nur Haut zu tragen habe. Und dann begann ein handfester Streit, dass die Fetzen nur so flogen.

„Ich war schuld, dass sie grüne Schatten ins Gesicht bekam."

„Aber ohne mich, wäre sie nie auf deine *Show* gegangen."

„Ich habe sie zuerst kennengelernt, im Flieger."

„So ein Quatsch, ich war ihr Kollege, vergiss' das nicht."

„Ohne sie hätten wir uns nie getroffen."

So ging es weiter, und sie stritten sich darum, wer mir diese sündhaft teure Kreation schenken durfte. Ich flüchtete auf die Damentoilette und kam erst wieder raus, nachdem sich die Beiden geeinigt hatten.

Ich hatte Zeit und bummelte durch San Francisco. Die Stadt ist berühmt für die Golden Gate Bridge, die TransAmerica Pyramide, ihre bunten *Cable Cars* auf dem hügeligem Gelände, der ehemalige Sträflingsinsel Alcatraz, Chinatown, Fishermen's Wharf, die alte Konservenfabrik Del Monto und vieles mehr. Nur - das alles kannte ich schon bis zum Abwinken.

Ich hatte noch zwei Tage Zeit bis Knut aus dem Krankenhaus entlassen wurde. Also beschloss ich, einen Ausflug zu machen. Ich nahm den Wasserweg vom *Ferry Building* nach Sausalito. Der Blick vom Schiff war atemberaubend. Das Fährschiff lief an einer Promenade mit farbenreichen Läden und Restaurants entlang, vorbei an bunt bemalten Hausbootkolonien, wo die Bewohner uns freundlich zuwinkten. Auf der einen Seite der Blick auf die ehemalige Gefangeneninsel Alcatraz, auf der anderen die *Skyline* von *Frisco*.

Sausalito liegt direkt an der Bucht von San Francisco. Der Name der Stadt ist spanischen Ursprungs, was auf Deutsch in etwa "kleine Weide" heißt. Im Jahr 1775 entdeckte ein Spanier namens

Don José de Cañizares die hügelige Ansiedlung, die ursprünglich von Miwok-Indianern besiedelt war. Während der Zeit der Prohibition war Sausalito ein beliebter Ort für den Rum-Schmuggel.

Aber Sausalitos größte Anziehungskraft war und ist die schillernde Sally Stanford. Am Sausalito Ferry Pier staute sich bereits der erste Pulk Touristen, um den 1985 von der Stadtverwaltung gestifteten Trinkbrunnen zu begaffen. Zwei Trinksprüche erinnern an die berühmte Bewohnerin und ihren ständigen Begleiter. *„Have a drink on Sally"* steht da als Ehrerbietung an die fulminante Sally Stanford und etwas tiefer, am kniehohem Becken *„Have a drink on Lelan"*, für ihren Hund.

Mabel Janice Busby eröffnete 1940 mit siebenunddreißig Jahren in San Francisco ein elegantes Bordell, das Geschichte schrieb. Man behauptet, dass 1945 die Gründung der Vereinten Nationen in den Empfangsräumen des renommierten Hurenhauses besprochen wurde. Besser bekannt durch ihren angenommenen Namen Sally Stanford, zog die honorable *„Grande Madame"* 1958 nach Saucalito, wo sie das „Old Walhalla Restaurant" renovierte und in "Valhalla" umbenannte. Sie mischte sich in die lokale Politik ein und kandidierte sechs Mal, bevor sie 1972 endlich Bürgermeisterin von Sausalito wurde. 1982 starb sie mit 78 Jahren an einer Herzattacke.

Aus jeder Pore des pittoresken Städtchens strömt die allgegenwärtige Aura dieser schillernden Persönlichkeit, und die Bewohner verdienen gut an dem üblichen Touristenkitsch.

Ich hatte genug Tücher, Tassen und anderen Nippes mit ihrem Konterfei gesehen und landete im Madrigal Family Winery Tasting Room, einem weißen Holzhaus mit Weinverkostung und wechselnden Ausstellungen. Der mexikanische Familienbetrieb hatte seinen Winzerursprung in den Hügeln des Napa Valley und besitzt mehrere kleine, aber feine Weinberge rings um Calistoga.

Ich war sofort von den außergewöhnlichen Werken der einheimischen Malerin „Gette" Georgette Osserman fasziniert. Die Künstlerin hatte die Thematik „*Love Stories*" in einem ganz eigenen Stil, mit Automatismus, Aktionismus und Surrealismus in verschwenderischen Farben, auf die Leinwand gebracht, und ich hätte sofort jedes Bild genommen. Bildhafte Träume in schwelgenden Farben.

Ich buchte erst eine Weinverkostung für 35 Dollar und anschließend eine Busfahrt nach Napa Town. Es war eindeutig dem Konsum der süffigen, kalifornischen Weine zu verdanken, dass ich so einen wirren Einfall hatte. Sausalito, Weinprobe und Napa Valley, hin und zurück in weniger als zwei Tagen, was für ein Irrsinn. Knut wartete am nächsten Tag auf mich im Krankenhaus. Aber das ist

Linda Lovitt, wie sie leibt und lebt. Entgegen meiner oft schlauen Einfälle und vorwiegend streng durchorganisierten, beruflichen Handlungen, war ich privat mitunter spontan, manchmal rebellisch, zuweise sogar völlig irre.

Wir fuhren knapp vier Stunden durch die grünen Weinberge und malerischen Dörfer des Napa Valley. Den größten Teil der Fahrt verschlief ich in seligen Träumen von nicht existierenden *Love Stories*.

Irgendwie bekam ich noch ein Zimmer für eine Nacht im Napa River Inn, mit Blick auf den Fluss, wo ich nach wenig Schlaf in aller Frühe zum Oxbow Public Market lief, um mit scharf gewürzten mexikanischen Delikatessen meinen abgesackten Kreislauf wieder auf Vordermann zu bringen.

Auf der Rückfahrt büßte ich die Fahrt durch die lieblichen Weinberge hellwach, mit einem höllischen Brennen in Darm und Kehle.

Knut und ich brachten die Verhandlungen mit den Versicherungen zu einem für alle Seiten befriedigenden Ergebnis und flogen nach ein paar Tagen in unseren grauen, deutschen Alltag zurück.

Daniel umschwirrte mich wie eine Motte das Licht. Er bemühte sich mit Blumen, Telefonaten und schmeichelnden Worten. Ich war einsam, hatte Liebeskummer und auch Nachholbedarf im Austausch von körperlichen Flüssigkeiten. Vergessen waren die tiefgreifenden Erkenntnisse am Grab meiner Vorfahren. Er landete wieder in meinem Bett.

Aber ich ärgerte mich fast jede Woche über seine Sprunghaftigkeit. Mal rief er jeden Tag an, mal ließ er mich tagelang hängen. An solchen Tagen schäumte ich vor Wut.

„Was bildest du dir eigentlich ein? Ich habe dir drei Tage hintereinander auf deinen Anrufbeantworter gesprochen. Kein Rückruf, nichts. Und Einrichtungen wie *WhatsApp* sind eine sogenannte Chat-Möglichkeit. Schon vergessen, was *Chatten* heißt? Schreiben, Antworten, Schreiben. Schon mal davon gehört?“

Er ließ mich einfach auf Grund laufen. Ließ tagelang nichts von sich hören, dann rief er wieder jeden Tag mehrmals an und bombardierte mich mit Schmeicheleien und meinen Lieblingsblumen vom Floristen.

„Du kannst mich nicht einfach abrufen wie eine bestellte Ware. Das lasse ich mir nicht mehr gefallen, das mache ich nicht mehr mit. Lass dir gefälligst was einfallen!"

Und er ließ sich immer wieder was einfallen. Und ich machte immer wieder mit. Leider.

Wenn man so einen turbulenten *Job* hat wie ich, kann man nicht einfach von 180 auf 100 runterschalten. *Jetsetten* kann unglaublich anstrengend sein, der Schichtdienst setzt einem mehr und mehr zu, und wenn ich morgens mit grauem Gesicht in den Spiegel blicke, kaufe ich am nächsten Tag einfach die doppelte Menge an Farben, Tiegeln und Töpfchen. Oft komme ich total übermüdet von irgendwo her, will eigentlich nur noch schlafen, bin aber völlig überdreht. *Jetlag.* Dann will ich nicht alleine sein, will reden, feiern, etwas trinken, in Gesellschaft sein. Vielleicht auch kuscheln, knutschen oder mehr.

Ich habe irgendwie immer die falschen Männer am Wickel.

Wir wollten ausgehen. Daniel hatte eine Überraschung für mich geplant und schwärmte unentwegt von seiner großartigen Entdeckung. Er verriet
nichts. Nur so viel, dass das Restaurant einen Mi-
chelin-Stern habe.

Die Kreation von Arvid Fergusson war zu auffällig
und musste im Schrank bleiben. Ich wühlte eine
tiefgrüne, Ton-in-Ton gemusterte Samthose mit
einem knappen, terrakottafarbenen Satin-Top aus
meinen Schrankfächern und gab mir viel Mühe mit
Frisur und Make-up. „Zufrieden?" Daniels Ge-
sichtsausdruck bestätigte mir, dass sich meine Anstrengungen gelohnt hatten und mein *Outfit* passte.
Das war aber auch das Einzige, was passen sollte.
Jedenfalls für mich.

Wir fuhren an den Mainkai, nahe der Frankfurter
Altstadt. Ein schmalbrüstiges Haus mit einem un-
spektakulären Eingang entpuppte sich als der an-
gesagte Gourmet-Tempel. Sieben bodentiefe Fens-
terfronten waren übereinander an der schlanken
Fassade beleuchtet.

Daniel hatte an einem Glaserker im dritten Stock
reserviert, mit Blick auf den Main und den redu-
zierten Bögen der neuen Alten Mainbrücke. Innen

war die Beleuchtung etwas schummerig, und wir setzten uns erst einmal an die Bar. Die schmalen Restaurantetagen waren gut besetzt, sehr gut besetzt sogar, und wir mussten warten. Ich hatte Hunger und durch das Warten wurde mein Hunger auch nicht kleiner.

Was soll ich sagen? Mein durchgeknallter Freund hatte mich in die vegetarische Empfehlung des Jahres entführt. Ich habe grundsätzlich nichts gegen mit Spinat und Ricotta gefüllte Teigtaschen, aber wenn ich großartig zum Essen eingeladen werde, da möchte ich blutige Steaks, herzhafte Fleischgerichte, leckeren Fisch oder exotische Meeresfrüchte. Wie gut kannte mich dieser selbstbezogene Bettenrammler eigentlich? Zugegeben, Daniel ist Vegetarier, aber bislang gab es in jedem gut geführten Restaurant noch immer etwas für ihn zu essen. Aber groß mit mir ausgehen und Grünzeug futtern? Das geht gar nicht.

Dazu kam, dass Daniel bereits in der Bar ständig auf sein *Smartphone* schielte, als ob er noch auf einen Anruf warte. Und der kam dann auch. Daniel verschwand für eine Weile in die Herrentoilette. Ich war sauer. Als er zurückkam, erkannte ich an seinem fahrigen Gehabe, dass ihm seine Ex- oder die neue Zweit-Freundin die Hölle heiß gemacht haben musste. Mein Verdacht hatte sich bestätigt, Daniel hatte da schon wieder was doppelt am Laufen. Meine schlechte Laune übertrug sich auf das Überraschungsmenü.

Ich betrachtete misstrauisch den Lauch und den Feldsalat auf meinem Teller. Keine angerösteten Speckbrösel, keine knusprig gebratenen Speckstreifen, dafür ein paar Blümchen oben drauf. Vorsichtig kostete ich. Es schmeckte gar nicht so übel. Aber dann gab es Kartoffeln mit Pilzen und Disteln. Disteln, da kann ich ja gleich Brennnesseln essen! Und die gab's auch noch: Rotkohl und Rote Beete an Taubnesseln. Brennen Taubnesseln? Keine Ahnung, aber trotzdem, brrr! Danach Topinambur mit Zwiebeln, auch nicht mein Ding. Und danach Schwarzwurzeln mit Linsen. Also wirklich - Linsen! Erotisch ist was anderes! Als Nachtisch servierte man uns ein bröseliges Fuchsschwanzgewächs mit Karamell und Fichte auf eleganten Tellern.

Also gut, das Zeug war mit Blüten, Wildkräutern und Waldfrüchten ganz gut gewürzt und entfaltete in abgestimmten Nuancen auch ungeahnte Aromen. Dennoch, ein 6-Gänge-Menü in Nanomengen aus Grünzeug, um mich ins Bett zu bekommen? Also nee, wirklich nicht!

Ich hatte keine Lust mehr auf Sex mit einem Mann, der wahrscheinlich wieder polygam unterwegs war und sich nicht einmal die Mühe machte, meine kulinarischen Bedürfnisse zu befriedigen. Apropos Bedürfnisse, ich schickte Daniel nach-hause - allein.

Ich kraulte Seehofers vermeintliche Ohren und der bunte Vogel schielte vor Vergnügen.

„Dieser Blödmann hat wahrhaftig geglaubt, dass er mich mit einem Ausflug in sein vegetarisches Sterne-Restaurant ins Bett bekommt, dieser Trot-tel. Ausgerechnet mit Grünzeug als Aphrodisia-kum. Und dann noch mit seiner Ex oder in spe telefonieren, sowas geht bei mir gar nicht."

„Mia san olle Zipfelklatscha."

Seehofer drehte und wendete den Kopf um 180 Grad und blinkerte mit den Augen.

„Seehofer, wenn du weiterhin in Ambiguitäten sprichst, schicke ich dich in einen Alphabeti-sierungskurs.

"Schiab ma ins Greiz."

Herger wollte was gutmachen. Erstens, die Schikane der *Grooming Supervisor* und zweitens, meine zeitlich unkonventionellen Einsätze in der Vergangenheit mit doch recht spektakulären Erfolgen.

Er schickte mich auf Weiterbildung. Weiterbildungen sind bei uns Vorschrift, und eine interne Regelung meiner Fluggesellschaft gibt vor, dass wir *Airliner* in regelmäßigen Abständen fortgebildet und nach den neuesten Standards geschult werden. Allerdings gibt es da kleine, aber feine Unterschiede: die Maßnahmen können vor Ort, aber auch in attraktiven Metropolen dieser Welt durchgeführt werden.

Herger schickte mich nach Hong Kong.

Seit 1998 gibt es den International Hong Kong Airport, und der gefährliche Stadtflughafen Kai Tak ist inzwischen Geschichte. Damals gab es nur zwei Pisten nördlich von Kowloon Bay, von Bergen und Hochhäusern umrahmt, und man munkelt, dass man früher beim Anflug über die Stadt in den Fenstern der *Skyscrapers* das Abendprogramm im Fernsehen verfolgen konnte. Die Ankunft auf dem neuen Chek Lap Kok Airport ist heute um einiges entspannter.

Wir waren im InterContinental Hong Kong in der Salisbury Road untergebracht. Wie alle anderen Intercontis, gehört das 5-Sterne-Hotel zu den Vertraghotels meiner Fluggesellschaft, und wir werden auf Dienstreisen und auch privat mit fetten Prozenten gelockt. Wir bekommen bei Schulungen in der Regel ein Reisebudget zur Verfügung gestellt, mit dem wir alle Ausgaben bestreiten müssen. Ich teilte ein Zimmer mit meiner Kollegin Mia aus New York, und wir säckelten den Betrag für das eingesparte Einzelzimmer in unsere privaten Kassen ein. Das machen die meisten Kolleginnen und Kollegen so und bessern damit ihre Reisekasse auf. Außerdem ist es lustiger, ein Zimmer zu teilen.

„Was hast du angestellt, dass du nach Hong Kong darfst?"

Mia grinste mich an: „Ich habe in den letzten zwei Jahren 114 *Recommodations* von meinen Fluggästen bekommen." Mia ist *Flight Attendant* und sieht aus wie Megan Fox. Ich verwette meinen roten

Uniformhut, dass ihre Dankesschreiben ausschließlich von männlichen Passagieren stammen.

Unser Fortbildungsprogramm war straff durchor-
ganisiert. Die Schulungen dauerten den ganzen
Vormittag, um Punkt 12.00 Uhr wurde gegessen,
anschließend hatten wir ein anstrengendes *Sum-
mery* mit schriftlichen Abschlussfragen. Das dauerte bis in den frühen Nachmittag, danach Freizeit
bis zum nächsten Morgen. Meistens war ich so
kaputt, dass ich nur noch in mein Hotelbett fiel
und erst eine Runde schlafen musste. Das Hirn
nimmt nur eine gewisse Menge an Informationen
auf, danach geht es entweder auf *Flight-Modus*
oder schaltet einfach ab. Für die Sehenswürdigkeiten war einfach kein Platz mehr in meinem Kopf.

Endlich konnte ich mich aufraffen, über einen der
berühmten Märkte der Achtmillionenstadt zu
bummeln. Meine chinesischen Kollegen hatten mir
den ältesten Markt auf der Insel empfohlen. Ich
fuhr mit der Star Ferry nach Hong Kong Island
und nahm eine Rikscha zum Wan Chai Street
Market. Schon auf der Fähre sollte man nicht unter
Platzangst leiden, und auf der Queens Road bro-

delte es nur so von Menschen. Ich tauchte in eine der Seitengassen ab.

In der engen Gasse drängelten sich beidseitig die Händler, die ihre Ware an den Hauswänden bis in den ersten Stock aufgestapelt hatten. Man musste hinter einander gehen, um vorwärts zu kommen. Das Sonnenlicht blendete mich, ich musste blinzeln. Im Gegenlicht kam mir ein alter Chinese entgegen, der ständig mit den Fingern einen weiten Bogen schnippte. Erst als er kurz vor mir stand, erkannte ich die Ursache seiner seltsamen Bewegungen. Oh Himmel nein! Der alte Mann hatte einen langen Rotzfaden von der Nase hängen, den er abzuschnicken versuchte. Mir wurde leicht anders.

Ich bog angeekelt um die Ecke und landete in einer Gasse, die mit Fleischständen vollgestopft war. Nicht wirklich eine Erholung für mein angeschlagenes Ego. Der Geruch war für meine europäische Nase schwer zu ertragen, besonders mit dem Bild des alten, rotznäsigen Chinesen vor Augen.

Die Hühner waren entweder lebend in enge Käfige gepfercht oder hingen gerupft kopfüber an langen Stangen über den Straßenständen. Fleischbrocken von unbekannter Herkunft stapelten sich in großen Plastikkörben neben den Ständen im Freien und wurden bei Bedarf auf einem groben Holzklotz in

Stücke gehackt oder geschnitten. Überall torkelten und summten Insekten über dem blutigen Fleisch. Gefühlte hundert streunende Katzen rannten ungeniert zwischen den Fleischstücken hinter huschenden Mäusen und Ratten umher. Ich rannte auch. Ich hatte genug gesehen und ersparte mir den, nur ein paar Schritte weiter entfernten, Fischmarkt zu besuchen.

Erst in den Obst- und Gemüsegassen kam ich wieder einigermaßen zu mir. Ich flüchtete in eine kleine, zur Straße hin offene Kneipe, in das beschützende innere Dunkel. Die zahnlose Bedienung fragte nach meinen Wünschen. Jedenfalls nahm ich das an. Weit entfernt, einen für mich verständlichen Satz zu formulieren, schwätzte dieser Mensch pausenlos auf mich ein. Ich konnte nicht erkennen, ob dieses Wesen ein Mann oder eine Frau war. Ich spreche drei Fremdsprachen, aber kein Kantonesisch oder was immer hier gefragt war. Das Wesen hatte Mitleid mit mir und brachte mir Tee. Guten, vertrauten Jasmintee in einer kleinen, bauchigen Kanne. Dazu eine flache Schale, die als Trinkgefäß diente. Der Tee half meine geschädigten Sinne wieder zu beruhigen, und ich gab dem zahnlosen, freundlichen Wesen ein ordentliches Trinkgeld.

Mein Bedarf an Märkten war vorerst gedeckt.

Mia meinte, dass ich einen grünlichen Schatten im Gesicht hätte.

„Komm, leg dich zu mir aufs Bett und erzähl."

Echt, ich konnte ihr nichts davon erzählen. Kein Wort kam mir über die unglaublichen Zustände auf dem Markt über die Lippen. Ich wollte die hygienischen und kulinarischen Scheußlichkeiten einfach nur vergessen.

„Ich kann nicht drüber reden. Wenn ich darüber reden muss, kotze ich dir sofort aufs Bett."

Mia kruschte in ihrem Schrankabteil und zog eine Flasche aus ihrer Unterwäsche. „Ich war auch *Shoppen*, aber im Gegensatz zu dir habe ich ein Superduperschnäppchen gemacht." Sie zeigte mir stolz ihren Schatz. „Ich habe 18 Jahre alten Chivas Regal zu einem Schnäppchenpreis ergattert, und den Chinesen auf 25 Euro das Stück runtergehandelt. Das muss mir erst mal einer nachmachen."

Ich erinnerte mich, dass so eine Flasche Whisky im *Duty Free* um die 40 Euro kostet und ich auf diese Preisklasse dankend verzichtet hatte.

„Ich habe gleich fünf Stück gekauft." Sie schaute mich an. „Und weißt du was, jetzt köpfen wir eine. Du hast es bitter nötig." Sie riss das Siegel auf und öffnete den Verschluss. Mia goss je drei Fingerbreit in die Gläser. Die goldbraune Flüssigkeit schimmerte seidig im Glas. „*Cheers* Linda, du wirst sehen, gleich geht's dir besser."

Der Tee war lange nicht so gut wie der Jasmintee auf dem Wan Chai Market. Mia schaute verblüfft in ihr Glas. „Was soll das denn?" Es dauerte eine Weile bis sie begriff, dass ihr Superduperschnäppchen ein *Fake* war und man ihr billigen Tee statt einen 18 Jahre alten Markenwhisky angedreht hatte.

Wir griffen in die Minibar und kippten zwei Whisky der Prollimarke Johnny Walker zum Preis von acht US-Dollar pro Miniaturfläschchen in uns hinein. Zugegeben, völlig überteuert, aber zumindest war drin was drauf stand.

Es wurde immer heißer und regnete auch mehrmals am Tag. Im Hotel und in den Schulungsräumen herrschten angenehme Temperaturen, aber sobald man die klimatisierten Räume verließ, schlug einem das subtropische Klima mit schwüler Feuchtigkeit entgegen. Kowloon dampfte Tag und Nacht.

Ich hatte nicht wirklich viel von der Stadt gesehen. Einmal machte ich mit dem Doppeldeckerbus eine Stadtrundfahrt, die mir zumindest eine Idee dieser Millionenmetropole gab, wobei ich mir fast den Hals ausrenkte, um die unglaubliche Hochhausarchitektur zu bestaunen.

Ein weiteres Mal wagte ich mich in die grüne Lunge von Kowloon. Der Park ist riesig und der Bird Lake eine Oase der Erholung. Hunderte mir unbekannte Vögel tummelten sich in und um den See. Einzig die Flamingos erkannte ich. Aber ich bewunderte nicht nur die Fauna und Flora. Im Kung Fu Corner zeigten Menschen in knallgelben Overalls in der brütenden, subtropischen Hitze ihre einzigartig kontrollierte Körperbeherrschung in einer touristischen *Show.* Und um die Ecke zelebrierten einfache Menschen aller Altersgruppen in eleganten Bewegungen ihre Tai Chi Figuren.

Die hohe Luftfeuchtigkeit brachte mich fast um. Nicht nur, dass das was da auf meinem Kopf wuchs, jemals die Bezeichnung Frisur verdient hätte; mir liefen bei der kleinsten Bewegung Ströme von Schweiß über den Rücken. Und auch sonst wo hin. In meinen Schuhen quietschte das Wasser bei jedem Schritt.

Einmal verlief ich mich bei einem Abendspaziergang in ein unglaublich heruntergekommenes Viertel. Sämtliche Beschriftungen waren ausschließlich in chinesischen Schriftzeichen auf den Straßenschildern, Plakaten, Geschäften und Kneipen zu sehen. Kein Mensch sprach eine mir bekannte Sprache, bis ich endlich in einem kleinen, blitzsauberen Lokal landete, wo ich vom Hunger übermannt, einfach wahllos auf die Speisekarte tippte. Man brachte mir eine scharfe Suppe, die meine Lebensgeister wieder weckte und ein appetitliches Hühnchengericht in pikanter Sauce. Die Bedienung kapierte, dass ich ein Taxi wollte und drückte mir zum Abschied eine kleine Karte mit bunten Schriftzeichen in die Hand. Sie kritzelte mir in zierlicher Schrift noch ein paar Worte drauf: „Yŭ cài de shŭ shé".

Im Hotel übersetzte man mir die Karte. Glauben Sie mir, an das Rattenschlangengericht mit exotischem Gemüse könnte ich mich glatt gewöhnen.

Abflugtag! Ich hatte keinen einzigen Buddha gesehen, aber auch keinen vermisst. Nach zwölf Stunden Flugzeit fiel ich erst einmal in mein Bett und schlief ganze dreizehn Stunden durch.

In meinem Büro warteten Berge von Altlasten, die von mir bearbeitet werden wollten.

„Wie war die Fortbildung? Hat Ihnen Hong Kong gefallen?"

Herger hatte Lust auf ein Schwätzchen, und ich erzählte ihm von meinem Marktbesuch auf Hong Kong Island und auch von meinem kulinarischen Abenteuer in dem kleinen, chinesischen Schlangenrestaurant, mitten in Kowloon.

„Habe ich auch schon gegessen, und es war gar nicht so schlecht." Herger hatte mir auch schon von halbausgebrüteten, stinkenden Vogeleiern, frittierten Heuschrecken und fetten Madengerichten aus seinen vielen Reisen erzählt. Da war ich mit meiner Rattenschlange noch ziemlich gut dabei weggekommen. Aber man sollte vielleicht doch darauf achten, dass die Menükarte in einer verständlichen Sprache gedruckt ist.

Das Telefon klingelte und Herger trollte sich.

Yaron Levi war am anderen Ende der Leitung. „Hey Linda, deine Bestellung ist da."

Ich wunderte mich: „Das muss ein Irrtum sein, ich habe nichts bestellt. Und schon gar nicht in eurem Laden."

„Ich schlage vor, du kommst einfach vorbei, und wir klären das Ganze vor Ort", sprach mein Konterpart und legte auf. Ich betrachtete stirnrunzelnd das Telefon. In Yarons Juwelierladen schlummerten Kostbarkeiten, die ich mir niemals hätte leisten können. Was sollte das also?

In der Mittagspause betrat ich das glitzernde Geschäft. Yaron holte eine längliche Schachtel aus dem Hinterzimmer und öffnete sie vor meinen Augen. In dem mit Satin ausgelegten Etui lag das funkelnde Saphirarmband, das ich vor Monaten begehrlich im Schaufenster angestarrt hatte.

„Es ist für dich, mit einer Extra-Anfertigung."

Den Verschluss zierte ein kleiner Anhänger aus Platin mit der Inschrift „*With longing for ever, from JTT.*"

Mir verschlug es kurz die Sprache. Dann erinnerte ich mich. Ich hatte Julien unter Lachen, mit einem kleinen Schwips im Kopf und dem Herz auf der

Zunge, bei seiner Stippvisite im Kempinski Restaurant von meinem Besuch bei Yaron erzählt.

Ich war gerührt.

Den Präsidenten der Vereinigten Staaten kann man nicht einfach so anrufen. Und einen Brief schreiben geht auch nicht. Nur Tatiana Lovitt, geborene Gerasimov, konnte helfen, und die Nachricht kam an.

Ich hatte Überstunden gemacht, und es war schon dunkel, als ich meine Chipkarte durch die Kartenleser zog. Die Besitzer der Villa waren wieder mal auf Ibiza.

Während ich die Uniformschuhe abstreifte, hörte ich den Anrufbeantworter ab: „Guten Morgen Frau Lovitt, hier ist Theresa vom Friseursalon Schaller.

Eine Kundin hat für übermorgen um Vier abgesagt, wenn Sie also früher kommen möchten, der Termin ist noch frei." Ich schaute auf die Uhr. Mist, zu spät für eine Zusage. Um diese Zeit hatte der Friseursalon schon lange zu.

„Hey, hier ist Caroline. Ich gehe heute Abend ins Kino. Hast du Lust mitzukommen?" Der Zug war auch schon abgefahren, und der Film schon lange vorbei.

Anruf Nummer drei war von meinem alten Freund, der nichts ins Telefon sprach. Nur sein leises Atmen war zu hören. Ich war stinksauer und hatte keine Lust auf seine Spielchen.

Im Kühlschrank stand noch eine halbe angebrochene Flasche Grauburgunder. Ich schenkte mir ein und blätterte im Fernsehprogramm. Ein später Krimi, den ich schon zwei Mal gesehen hatte, eine Talkshow mit öden Gästen, eine flache Komödie, die ich auch schon gesehen hatte. Noch ein Krimi, und noch einer, ich seufzte leise. Das Abendprogramm wurde auch immer schlechter. Auf Arte kam eine Sendung über französische Küstengebiete. Na bitte, das war doch was. Ich begann mich zu entspannen und massierte meine müden Füße.

Das Dachgebälk ächzte leise. Es war wieder Wind aufgekommen. Ziemlich viel Wind sogar, und die lose Dachrinne vor meinen Wohnzimmerfenstern schepperte rhythmisch. Den ganzen Tag hatten wir schon so ein windiges Wetter, und auf der Heimfahrt trafen heftige Böen auf die Breitseite meines Linienbusses.

Ich setzte das Weinglas ab. Da war so ein komisches Geräusch. Leise und ungewohnt. Ich spitzte die Ohren. Übermüdet, die Sinne überanstrengt, vom ständigen Lärmpegel am Flughafen die Synapsen gequält, habe ich ständig Ohrenprobleme. Wenn plötzliche Stille aufkommt, spielen meine Ohren verrückt. Die meisten meiner Kolleginnen und Kollegen haben das gleiche Problem und können in ihrer Freizeit kaum noch Radio hören. Auch ich bin extrem lärmempfindlich und höre die Flöhe husten.

Da war es wieder, dieses Geräusch. Waren da Schritte? Blödsinn, kein Mensch kam ohne meine Chipkarte in die Wohnung.

Dann sah ich den Schatten.

Er stach auf mich ein. Einmal, zweimal. Zunächst spürte ich nur den metallischen Geschmack von

Blut in meinem Mund, dann erst den Schmerz. Ein heißes Brennen raste durch meine Brust. Es wurde dunkel um mich.

Die Stimme drang nicht wirklich zu mir durch. Ich hörte Worte, ohne dass ich sie verstand. Diese Stimme klang wie ein Dehnen in Zeitlupe, tief und dunkel, dann wieder weit schwingend. Ich versuchte mich zu konzentrieren, aber die gesprochenen Geräusche ergaben einfach keinen Sinn. Mein Gehirn funktionierte nicht so wie ich wollte.

Der dicke, graue Nebel begann sich langsam zu lichten. Durch das undurchsichtige Grau zogen hellere Schleier und dann, plötzlich bekamen diese hellen Schleier ein Gesicht. Die Züge eines Mannes tauchten vor mir auf, und langsam bekamen auch seine Worte wieder einen Klang, eine Farbe, einen Inhalt: „Hallo Frau Lovitt, können Sie mich hören? Verstehen Sie mich?"

Zu dem Gesicht gesellte sich ein großer, heller Fleck, der sich langsam in einen weißen Arztkittel verwandelte. Vor mir beugte sich ein Arzt ganz tief zu mir hinunter. Er hielt meine rechte Hand, die er ständig tätschelte. „Hallo Frau Lovitt, können Sie mich verstehen? Sie sind in einem Krankenhaus. Sie hatten einen Unfall."

Ich versuchte zu sprechen, aber es kam nur ein Krächzen aus meiner Kehle, dann ein trockenes Husten. Der Doktor gab mir ein Glas Wasser, das ich zittrig ansetzte. Jeder Schluck tat weh.

Der Mediziner tätschelte weiter meine Hand. „Frau Lovitt, Sie hatten einen Unfall, einen Verkehrsunfall mit der U-Bahn. Sie sind in einen Bahnschacht gefallen, kurz bevor die Bahn einfuhr. Erinnern Sie sich?"

Ich wollte den Kopf schütteln, ließ es aber gleich wieder. Aus dem Augenwinkel sah ich, dass mein linker Arm eine Schiene trug. Ein schräger, vorsichtiger Blick auf meine Beine verriet mir, dass auch mein linkes Bein in Schienen lag. Beim Atemholen fuhr mir ein stechender Schmerz durch die Brust.

Vor meinen Augen blitzte kurz eine Szene auf. Da war ein Messer gewesen. Ein schwarzer Schatten hatte mir ein Messer in die Brust gerammt. Dann war das Bild wieder weg.

Etwas anderes drängte sich in mein Bewusstsein, nahm von mir Besitz, völlig andere Szenen. Fetzten der Erinnerung kamen hoch. Da war ein Zug.

Ich konnte den Sog schon spüren. Der Bahnsteig an der Konstabler war brechend voll. Die U-Bahn näherte sich mit viel Getöse ratternd und quietschend aus dem Tunnel. Jemand drängelte von hinten, ich wurde geschubst. Ich taumelte und stürzte in den Schacht. Tiefe Dunkelheit. Dann ein schrilles Klingeln, immer wieder. Das war das Letzte, was ich noch mitbekam.

Danach schoben sich wieder andere Bilder in mein Gedächtnis. Aufregung, Lärm und Hektik am Flughafen. Ein Unglück, eine Katastrophe war geschehen.

Ich zerrte am Ärmel des Doktors: „Ich muss sofort mit meinen Chef sprechen. Einer unserer Flieger ist in Tokyo abgestürzt. Es gab Tote, Verletzte. Ich muss da sofort hin. Geben Sie mir ein Telefon, bitte!" Ich schrie den Arzt in meiner Aufregung fast an: „Sofort! Bitte!"

Der Arzt schüttelte den Kopf. „Frau Lovitt, Sie sind die Inhaberin eines kleinen Teeladens in der Frankfurter Innenstadt. Sie hatten einen schweren Unfall mit diversen Knochenbrüchen, und wir mussten Ihnen zwei Rippenspitzen aus der Lunge holen. Deswegen haben wir Sie für ein paar Tage in ein künstliches Koma gesetzt. Beruhigen Sie sich bitte, Sie müssen ganz bestimmt nicht nach Tokyo. In Ihren komatösen Träumen haben Sie immer wieder von Flughäfen, Flugzeugen und fremden Ländern fantasiert, aber ich kann Ihnen versichern, dass Sie im realen Leben nichts, aber auch gar nichts mit der Fliegerei zu tun haben. Ich kenne Sie und Ihren ganz entzückenden Teeladen an der Konstabler persönlich. Der Laden ist Ihre Passion, ihr Leben, und ich bin seit vielen Jahren Stammkunde bei Ihnen. Sie haben mir mal erzählt, dass Sie seit Jahren keinen Urlaub mehr im Ausland gemacht haben, weil Sie Angst vorm Fliegen haben. Erinnern Sie sich denn nicht mehr?"

Langsam fing mein Verstand wieder an zu arbeiten.

Da war es wieder, dieses Klingeln. Das laute, ungestüme Klingeln der U-Bahn rückte wieder in mein Gedächtnis und die Erinnerungen kamen auch wieder.

Klingeln, klingeln, klingeln; immer wieder, alles auf einmal.

Und ich erinnerte mich, damit hatte alles angefangen.

 ENDE

Glossar

Eine kleine Hilfe durch den Sprachdschungel der *Airliner*:

A

After-Show-Party	*Nachfeier*
Airliner	*Fluglinienangestellte*
Airline/s	*Fluglinie/n*
Airline-Crashs	*Flugzeugunfälle*
Airline-Partys	*Fluglinienfeiern*
Airport	*Flughafen*
Administration	*Verwaltung*
Amenity Kit	*Kulturbeutel mit Waschzeug*

American Administration
Amerikanische Regierung

American High Society
Amerikanische beste Gesellschaft

Army	*Amerikanisches Heer*

Around-the-World-Flieger
Rund-um-die-Welt Flieger

Auto-Brewery-Syndrome
Eigenbrauer-Syndrom

B

Backalley   *Hinterhofweg*

Baggage-Tags   *Gepäckanhänger*

Ballett-Companies   *Balletttruppen*

Bite helfn aundz. Ir zent a gut mentsh. Mir libe ir.
Bitte helfen Sie uns. Sie sind ein guter Mensch. Wir
mögen Sie.

Boarding-Unterlagen
Abfertigungsunterlagen

Boat-Show   *Bootsmesse*

Boss   *Chef*

Briefen/briefte   *Anweisen*

Bumpy   *Unruhig, böig*

Business-Class   *Geschäftsklasse*

But nobody is perfect
Keiner ist perfekt

C

Cable Cars	Elektrische Triebwagen
Cellphone	Handy (amerikanisch)
CEO	Geschäftsführendes Vorstandsmitglied
Chatten	Plaudern

Chief-Flight-Attendant
Chef Flugbegleiter/in

Chief-Management   Mittlere bis höhere Betriebsleitung

Chief Ticketing Agent
Chef Ticketing Agent/in

Cheers	Prost, zum Wohl
City	Stadt/Innenstadt
Clinch	Hier: Streit
Clutches	Hier: Klapptasche
Cosmopolitan	Kosmopolitisch
Crash	Unfall
Curry	Indisches Reisgericht

D

Defense Housing Area
Wohngebiet der Streitkräfte

Défilé	*Hier: Vorstellung*
DHA City	*s. Defense Housing Area*
Display	*Bildschirm*
Drinks	*Getränke*
Duty Free	*Zollfrei*

E

Economy Class	*Touristenklasse*
Events	*Ereignis*

F

Fake	*Fälschung*
Ferry Building	*Fähr-Terminal*
Filofax	*Terminkalender*
First-Class	*Erste Klasse*
Flash Blindness	*Blitzblendung*
Flight Attendant	*Flugbegleiter/in*
Flight-Modus	*Flugmodus*

Frisco
Abkürzung für San Franzisko

Fuck! Fuck! Fuck!   *Ficken, ficken, ficken!*

G

Galley   *Bordküche*

Gate/Gates   *Ausgang/Ausgänge*

Gate Assistant   *Angestellte/r im Ausgangs-*
bereich

Gentleman   *Kavalier*

Germany   *Deutschland*

Glamour   *Zauber*

Grande Madame   *Hier: Puffmutter*

Grooming-Manager   *Körperpflege-Leiter/in*

Grooming-Sheets   *Körperpflegebögen*

Grooming-Supervisor *Körperpflegeaufsicht*

GWA   *Global World Airways*

H

Haggis   *Schottisches Gericht*

Hangar   *Flugzeughalle*

Hangover   *Katzenjammer*

Have a drink on Sally/Lelan
Nehmen Sie einen Schluck auf das Wohl von Sally/Lelan

Headquarters	*Hauptsitz*
High-Heels	*Stöckelschuhe*
Hot Spots	*Brennpunkte*

J

Jetten	*Hüpfen/springen*
Jetsetten	*Hier: umherhüfen/-springen*
Jetlag	*Zeitanpassungsschwierigkeiten*
Job	*Arbeit*
Jumpseat	*Notsitz*

K

Kids	*Kinder/Jugendliche*

L

L.A.	*Abk. Los Angeles*
Laser	*Lichtverstärkung durch angeregte Strahlenemission*
Laserpointer	*Lichtzeiger/-bündler*

LCY	Abk. London City Airport
LHR port	Abk. London Heathrow Air-
LH-Cityflyer	Konzerngesellschaft der Deutschen Lufthansa
Liner	Passagierschiff
Limey/s	Spitzname eine Seemans der Royal Navy, auch Spitzname für Engländer
Location	Ort
Lovern	Liebhaber
Love Stories	Liebesgeschichten

M

Management	Verwaltungsleitung
Middle East	Mittlerer Osten

N

No alcohol on duty!	Kein Alkohol im Dienst!
No booze on board?	Nix zu Picheln an Bord?
No comment	Kein Kommentar

No, Sir, no booze on board.
Nein mein Herr, nichts zum Picheln an Bord.

Not amused   *Nicht amüsiert, nicht lustig*

NYC, LHR, FRA, IST, BEY, THR, KHI, DEL, BKK, HKG, TYO, HNL, SFO, NYC
Flughafenabkürzungen für:
NYC = New York, LHR = London Heathrow Airport, FRA = Frankfurt Airport, IST = Istanbul Airport, BEY = Beyruth Airport, THR = Tehran Airport, KHI = Kharachi Airport, DEL = New Delhi Airport, BKK = Bangkok Airport, HKG = Hong Kong Airport, TYO = Tokyo Airport, HNL = Honolulu Airport, SFO = San Francisco Airport

O

One-Night-Stand   *Einmalige sexuelle Begegnung*

OPS/Operation Services
Sicherungsdienste von Systemoperationen

OPS-Manager   *Betriebsleiter, s.o.*

Organizer   *Flexionstabellen-Handbuch*

Outfit   *Kleidung, äußere Erscheinung*

P

Paunch   *Bauch*

Payroll   *Lohnliste*

Paxe	*Abkürzung für Passagiere*
Pie	*Pastete*
Prawns	*Garnelen*

Premium-Economy Class
Komfortklasse zwischen Economy- und Business-Class

Purser/in	*Chef Flugbegleiter/in*

Q

Queen	*Königin*

R

Ready for take off	*Zum Abflug bereit*
Recommendations	*Empfehlungen*
Report	*Bericht*
Royal Docs	*Wasserfront in London*

S

Second Hand	*Gebrauchte Ware*
Service Point	*Servicestelle*
Shoppen	*Einkaufen*
Skyscrapers	*Wolkenkratzer*
Shit happens!	*Scheiße passiert!*

Shooting-Star	Senkrechtstarter
Show(s)	Aufführung/en
Single	Unverheiratet
Skyline	Horizontlinie
Society	Gesellschaft

Sorry, no comment
Tut mir leid, keine Auskunft

So sorry Linda, but we are overbooked. No chance
for an upgrade, even not for a jump-seat.
Tut mir leid Linda, aber wir sind voll ausgebucht.
Keine Chance zum Hochstufen, nicht mal auf einen
Notsitz.

Smartphone	Mobiltelefon
Stalker	Verfolger
Stand-by(s)	Sitzplatz auf Warteliste
Story	Geschichte/Erzählung
Summery	Zusammenfassung
Supperclub	Ausgehclub

Swinging London
Londoner Drehscheibe in den 60er-Jahren, sorgt/e
für ein bestimmtes Flair

T

Tablet	*Flachrechner*
Taxi-Driver	*Taxifahrer*
Teenies	*Teenager/Jugendliche*
Trim-Sheet	*(Be)Ladeplan*
Trouble-Shooter	*Problemlöser*

U

Union	*Gewerkschaft*
Upgrade	*Hochstufung*

V

VIP/Very Important people
Wichtige Persönlichkeiten

VIP-Lounge　　　　　*Warteraum für wichtige Persönlichkeiten*

W

Welcome Center　　　*Begrüßungscenter*

Welcome to the Pearl Continental. Did you have a nice flight? You have room number 284. This is your key, Madam, Sir. Have a pleasant time in Karachi.
Willkommen im Pearl Continental Hotel. Hatten

Sie einen guten Flug? Sie haben Zimmernummer 284. Hier sind Ihre Zimmerschlüssel, meine Dame, mein Herr. Ich wünsche Ihnen ein angenehmen Aufenthalt in Karachi.

WhatsApp	*kostenloser Chatdienst*
Who is Who	*Schottisches Personenlexi-kon*

With longing for ever, from JTT
Mit ewig währender Sehnsucht von JTT

Y

Yes, hello?	*Ja bitte?*
Yǔ cài de shǔ shé	*Rattenschlange mit Gemüse*

Über die Autorin

Linde Richter bringt als Autorin und Interpretin aus dem politischen Kabarett langjährige Erfahrung im Schreiben ein. Das Spiel mit Worten ist gereift und baut auf die Basis von drei Jahren Sprachstudium und Jobs in Paris und London sowie an der Costa Brava auf. Stationen wie Vier-Sterne Hotels in London, Positionen in einer amerikanischen Fluggesellschaft und für ein internationales Unternehmen der Luft- und Raumfahrttechnik ergänzen dies. Die erfolgreiche Integrationsberatung für internationale Klienten ist dabei das Kommunikations-i-Tüpfelchen der Autorin.

Heute lebt Linde Richter wenige Kilometer südlich von Frankfurt am Main und hat sich einen Jugendtraum erfüllt. Sie kaufte ein altes Fachwerkhaus in der Champagne, das sie jeden Sommer mit viel Begeisterung als Ferienhaus nutzt. Dort beginnt die Autorin meist ihre neuen Werke zu schreiben.

Danke

an alle ehemaligen Kolleginnen und Kollegen, die mit mir noch einmal alte Erinnerungen aufgefrischt haben und damit einen Roman entstehen ließen.

Natürlich haben wir reichlich übertrieben, allerlei ausgeschmückt und beim Plauschen häufig etwas zu tief ins Glas geschaut. Trotzdem …

Maison Chouette

Mein Ferienhaus in der Champagne

Roman

von Linde Richter

Den Wohnwagen hatten sie geerbt, die sechzigtausend Euro Barvermögen bekam der örtliche Geflügelzuchtverein als Grundstein für sein neues Vereinsheim. So ungerecht kann das Leben manchmal sein.

Lilly und Andreas verbringen ihren ersten Urlaub in dem betagten Wohnwagen auf der Wiese ihrer Freunde, die sich vor zwei Jahren ein marodes Ferienhaus in der Champagne gekauft hatten. Dort erleben sie die anstrengenden Versuche ihrer Freunde, ein Minimum an Komfort in das 300 Jahre alte Fachwerkhaus zu bringen. Und sie lernen Land und Leute kennen. Den Wohnwagen dürfen sie auf der Wiese stehenlassen, aber den zweiten Urlaub müssen sie ohne ihre Freunde im Land der Gallier verbringen. Dort treffen sie Engländer, die nicht grillen können und lernen das Paradies kennen, ohne dass sie sterben müssen.

Im Dorf brodelt die Gerüchteküche. Die Ereignisse überschlagen sich. Wer hat mit wem und warum eigentlich? Das will keiner so gerne wissen, doch Lilly findet einen Schatz und alles passt wieder zusammen. Und plötzlich sind die beiden stolze Besitzer des alten Fachwerkhauses.

Paperback: ISBN 978-3-7481-8318-1

E-Book: ISBN 978-3-7481-7644-1

Und immer ist es der falsche Job

Kriminalroman

von Linde Richter

Gitti hat Geldsorgen. Frisch geschieden, zieht die Frührentnerin in das ehemalige Versorgungshaus einer Seniorenresidenz. Ihr Umfeld hat viel Zeit und beobachtet Gittis Privatleben neugierig. Gitti versucht sich in aufregenden Nebenjobs und wird unfreiwillig in komische Situationen, menschliche Turbulenzen und packende Todesfälle verwickelt. Die ehemalige Versicherungsagentin hat einschlägige Erfahrungen im investigativen Bereich und unterstützt - nicht ganz freiwillig - Kriminalhauptkommissar Wolfram, der ihr immer wieder über den Weg läuft. In der Kleinstadt tobt der Bär. Kein Wunder, denn …

- wieso hängt ihr italienischer Nachbar kunstvoll verschnürt im Sadomaso-Bereich eines Bordells, und was hat Gitti dort zu suchen?
- weshalb interessiert sich Gitti plötzlich für lokale Politik, und wodurch wird sie in Kleinstadtintrigen mit Todesfolgen verwickelt?
- wozu muss Gitti am Flughafen Koffer zählen und illegale Pillen kaufen, und woher kennt sie einen toten Golfspieler aus New Delhi?

Paperback: **ISBN 978-3-7494-2171-8**

E-Book: **ISBN 978-3-7494-8756-1**

Champagnerperlen süß-sauer

Roman

von Linde Richter

Lilly hasst Entscheidungen. Seit einem Jahr und drei Wochen muss Lilly sich ganz alleine entscheiden. Ihre Scheidung war fraglos nicht ihre Entscheidung gewesen, die hatte Andreas ganz alleine entschieden. Nach sieben Ehejahren, dem verflixten siebten Jahr.

Große Dachwohnung mit kleinem Balkon? Oder kleine Erdgeschosswohnung mit großer Terrasse? Ein Umzug steht an, und ihr Verlag will einen gastronomischen Wegweiser herausbringen, Schwerpunkt französische Spezialitäten mit einem kulinarischen Wörterbuch. Lilly soll darüber schreiben, auch hier steht eine Entscheidung an.

Ob sowas gelesen wird? Ihre Literaturagentin sagt Ja, und Lilly zieht für ein ganzes Jahr in ihr französisches Ferienhaus. Sie futtert sich durch gewöhnungsbedürftige Spezialitäten und exquisite Köstlichkeiten, und sie sammelt in einem Tagebuch leckere Rezepte aus ihrem Umfeld.

Neue Abenteuer rund um das Eulenhaus bestimmen ihr Leben am Lac-de-Der Chantecoq. Ungewöhnliche Nachbarn, zwei mysteriöse Todesfälle und ein Sturm, der mit 180 Stundenkilometer durch das Dorf fegt, bringen ihren schöpferischen Zeitplan haltlos durcheinander. Und dann ist da auch noch Heudebert, und wieder muss sie sich entscheiden …